中国青少年智慧阅读书系

鲜为人知的"推销困局的奇趣故事"

黄伟芳 编著

黑龙江少年儿童出版社

图书在版编目(CIP)数据

不可不知的 推销困局的奇趣故事 / 黄伟芳编著. --哈尔滨：黑龙江少年儿童出版社, 2012.5(2023.1 重印)
（中国青少年智慧阅读书系）
ISBN 978-7-5319-3078-5

Ⅰ. ①不… Ⅱ. ①黄… Ⅲ. ①故事-作品集-世界 Ⅳ. ①I14

中国版本图书馆 CIP 数据核字(2012)第 082471 号

不可不知的 推销困局的奇趣故事 / 黄伟芳　编著

出 版 人：张　磊
策　　划：宗德凤
责任编辑：高　彦
美术编辑：梁　毅
绘　　画：张富岩
责任印制：李　妍　王　刚
出版发行：黑龙江少年儿童出版社
　　　　　（黑龙江省哈尔滨市南岗区宜庆小区 8 号楼 150090）
经　　销：全国新华书店
印　　装：北京一鑫印务有限责任公司
开　　本：720mm × 980mm　1/16
印　　张：10.5
书　　号：ISBN 978-7-5319-3078-5
版　　次：2012 年 5 月第 1 版
印　　次：2023 年 1 月第 2 次印刷
定　　价：38.00 元

推销困局的奇趣故事

目录

奇货可居的吕不韦 　　　　　　/001

毛遂自荐 　　　　　　　　　　/005

给产品找对买家 　　　　　　　/009

杜宝林智推"白金龙"香烟 　　　/013

抢购豌豆罐头 　　　　　　　　/016

靠推销大米起家的王永庆 　　　/020

发动义务推销员 　　　　　　　/023

"股神"的报童生涯 　　　　　　/026

专业做尿布的多川博 　　　　　/030

原一平智斗三菱总裁 　　　　　/033

按下客户的"心动钮" 　　　　　/036

"销售鬼才"田中道信的奇招 　　/039

戴维·卡帕的"巨型铅笔" 　　　/042

大器晚成的推销大师 　　　　　/047

齐藤竹之助的激将法 　　　　　/051

推销困局的奇趣故事

布莱恩·崔西的沉默哲学　　　　　/054

最糟糕的失败者华丽转身　　　　　/057

借花献客户　　　　　　　　　　　/060

搞定"看门人"　　　　　　　　　　/064

得自妻子的推销计策　　　　　　　/067

柴田和子的"奔驰话术"　　　　　　/071

把"最好的"卖给顾客　　　　　　　/074

如何吃下"大肥肉"　　　　　　　　/078

四百美元与六千八百美元　　　　　/082

赞美的魔力　　　　　　　　　　　/085

辛勤耕耘之后　　　　　　　　　　/088

撬动不买保险的人　　　　　　　　/092

先买鸡蛋,再卖电器　　　　　　　/095

带着锤子推销玻璃　　　　　　　　/098

把自己推销给银行　　　　　　　　/102

五十二次拒绝　　　　　　　　　　/105

赌赢一顿牛排　　　　　　　　　　/108

推销困局的奇趣故事

变推销为求助　　　　　　　　　/112

因祸得福　　　　　　　　　　　/115

说动不买股票的富翁　　　　　　/118

俏卖"烟熏阿根廷香蕉"　　　　　/122

有心插柳柳成荫　　　　　　　　/126

推销了四年的面包　　　　　　　/129

巧妙推销草图　　　　　　　　　/132

梦想成真的水晶大教堂　　　　　/135

让"戴安娜王妃"推销珠宝　　　　/138

赚得第一桶金　　　　　　　　　/142

把冰卖给爱斯基摩人　　　　　　/145

把斧子卖给美国总统　　　　　　/149

请把名片还给我　　　　　　　　/152

"一问三不知"的谈判代表　　　　/155

能"把饿狗拉回来买东西"的人　　/158

编后记　　　　　　　　　　　　/161

奇货可居的吕不韦

说起中国古代把生意做得最大的人，要数吕不韦了。如果放到现在，他应该也是一个非常出色的"推销员"，他不但成功地把自己"推销"给了未来的秦国国君异人，还把异人"推销"回了秦国，帮助他成为秦国的当权者。

战国末期，吕不韦在韩国阳翟经商，他往来于各地，以低价买进，高价卖出，通过一买一卖积累起了万贯家财，成为当时颇具盛名的富商。

有一天，吕不韦在赵国邯郸的街头走着的时候，迎面过来一个人，引起了他的注意。只见那个人虽然穿着非常普通，但是却隐约透出尊贵的气质。吕不韦忍不住暗暗赞叹了起来。等到那个人走过去以后，他问旁边的一个小贩："请问刚才走过的那个人是谁？"

"那是秦国公子。"小贩一五一十地把这个人的底细给他讲了一遍。原来，这是秦国留在赵国做人质的公子异人，他是秦昭襄王的儿子安国君之子。安国君有二十多个儿子，但都不是正室华阳夫人所生，而是姬妾所出。异人的生身母亲叫做夏姬，是安国君的一位不得宠的小妾，而且很早就过世了。因此，秦赵渑池会盟的时候，两国交换人质就选中了异人。异人来到赵国以后，秦国就背弃了盟约，不断攻打赵国，赵王因此而大发雷霆，还将怒气全都发在了异人身上，把他拘禁在丛台之上，由大夫公孙乾日夜看守着。异人在赵国过着出行无车、衣食皆俭的枯燥生活，终日里郁郁寡欢。

听到小贩声情并茂的介绍以后，吕不韦低下头想了半天，然后哈哈大笑着说道:"此乃奇货也!这等奇货,可以先囤积起来,等到一个好时机就可以做一笔大买卖,甚好!"

于是,吕不韦投入了大把黄金结交了看守异人的公孙乾,然后又通过公孙乾结识了异人。有一次,吕不韦与公孙乾、异人一起喝酒,酒到半巡的时候,公孙乾去上厕所,趁这个机会,吕不韦问异人:"秦王现在已经老态尽显了,过不了多久,恐怕秦国就会易主。你的父亲安国君最宠爱华阳夫人,可是她膝下无子。你们兄弟二十多人,到现在都没有一个人得宠,你为什么不趁着这个时候回到秦国,去找华阳夫人,求她认你为儿子,这样,日后你立为储君的机会就大大增加了!"

异人听罢,泪流满面,说道:"我又何尝不想离开这里?但是如今身在异国,又被囚禁,哪里有什么脱身的良策啊!"

吕不韦说道:"这没有问题,我可以想办法营救你回国!"

异人感激地说道:"如果你能够帮我回国,以后若能得到荣华富贵,一定会与你共享!"

为了救出异人,吕不韦来到了秦国都城咸阳。经过打听以后,吕不韦得知华阳夫人的姐姐正住在咸阳城中,于是他设法先见到了华阳夫人的姐姐。拜见她的时候,吕不韦故意拿着从赵国带来的金玉珍宝把玩,赢得了她的好感。吕不韦乘机就把异人在赵国如何思念故国、如何贤良有才渲染一番,还转达了异人想认华阳夫人为母的诚心,以及日后他希图如何孝敬华阳夫人等等。华阳夫人的姐姐被深深打动了。

过了没多久,华阳夫人的姐姐去拜见自己的妹妹,原原本本地把吕不韦的话转述给她。华阳夫人一听,心中大喜,当场表示愿意接异人回国。

说动了华阳夫人,这只是吕不韦"推销"异人的第一步。当时,要想让异人成功回国,必须要秦国的当政者秦昭襄王点头才行。可是,渑池会盟的时候,秦昭襄王被蔺相如戏耍了一番,丢尽了脸面,因此对赵国一直怀恨在心,自然也就不把异人回国当成什么要事。

这该怎么办呢？吕不韦又开始伤脑筋了。左思右想，这回他打起秦昭襄王王后的弟弟杨泉君的主意。吕不韦如法炮制，又用重金打通门路见到了杨泉君，对他说道："你如今身居高位，享受厚禄，但是你这高官厚禄是不是能够长久呢？眼下有王后和大王的庇护，可是日后大王一旦山崩，国家易主，太子嗣位，太子会继续回护你吗？眼下安国君与华阳夫人又没有儿子……你为什么不设法把如今留在赵国的王孙异人引渡回国，让他回去做华阳夫人的儿子？这样一来，安国君与华阳夫人一定会对你大为感激，而将来安国君一旦继位，你的一切不就可以绵绵延长了吗？"

吕不韦这番话正中了杨泉君的下怀，当天，他就去找王后游说，把吕不韦的话原原本本地说了一遍。最后，果不其然，王后去见秦昭襄王，秦昭襄王也被王后说动了，表示愿意接异人回国。于是，吕不韦打点了一下行装，再次前往赵国都城邯郸。

吕不韦投入了大量的钱财和精力，终于使异人的归国之期指日可待了。可正在这时，吕不韦又有了更为长远的谋划。吕不韦有一个小妾，名唤赵姬，美貌多端、身姿婀娜、能歌善舞。她如今怀了吕不韦的骨血，已经两月有余。吕不韦想把她献给异人，日后生下自己的骨肉自然会被认为是异人的孩子，长大以后就有即大位的可能。到时候，秦国的天下不就成了自己的了吗？到那时，自己做的这"奇货可居"的生意，就获利无穷了。

于是，他不惜血本，设下了一场盛宴。在宴会上，他让赵姬出来跳舞，异人果然对赵姬一见钟情，吕不韦顺水推舟地把赵姬献给了异人。

异人早就难以忍受这枯燥的生活了，得到了赵姬，简直如鱼得水，对她非常宠爱。过了一个多月，赵姬告诉异人自己已经有了身孕。被蒙在鼓里的异人以为那是自己的骨血，非常高兴。后来，赵姬生下了一个男孩，取名叫"政"，这就是日后兼并六国的秦始皇。

做"奇货"生意的吕不韦就这样一步步筹谋，最终得了大利。

炼智 吕不韦明修栈道，暗渡陈仓，把自己的真实意图隐藏在为他人着想的行动背后，瞒天过海地让自己的骨肉最终成为了秦王，而异人却因为毫无察觉，反而对他感恩戴德。真实的历史已经不可考，但其撬动历史的推销之谋却显得斑斓多姿。

悟道 人生之路，不会总是枝繁叶茂的绿树，鲜艳夺目的花朵，也会有阻挡在前的高山和荒凉的沙漠，生活不仅有灿烂的笑颜，还会有无言的泪水，任谁也无法轻松地跨越。只要拥有平淡的真实，才会真正懂得品味人生，抒写人生，才会拥有充实的自我。

毛遂自荐

战国时期，秦赵两国交战多年。秦国先是在长平一战大胜赵军，后来，主将白起带领着几十万大军乘胜追击，一路追到了赵国都城邯郸，把邯郸围了个水泄不通。

大敌当前，赵国的形势越来越严峻，生死存亡系于一线。看着城墙外密密麻麻的士兵，赵王心急如焚，下旨召来了平原君赵胜，要求他拿个主意。深思熟虑之后，平原君向赵王献了一计——派人去楚国借兵，请求他们的援助，以解燃眉之急。可是现在黑云压城，情况万分紧急，谁能堪此大任呢？赵王权衡了半天，最后决定还是派平原君来做这件事。

平原君赵胜接到重任以后，虽然深知前路艰险，但是为了拯救国家也只能欣然领命了。为此，他把自己手下的门客全部召集了起来，准备从中挑选20个文武双全的人才与自己一起前往楚国，劝说楚王出兵救赵。可是挑来选去，只挑选出了19名门客。

毛遂是平原君手下的一位门客，眼看着只剩下最后一个名额了，平原君始终没有想起自己来，别人也没有推荐他的意思，于是他如坐针毡，怎么也待不住了。

后来，他主动找到了平原君，向他推销起了自己："听说先生将要到楚国去签订'合纵'盟约，打算找20位门客一同前往，现在还少一个人，如果先生不嫌弃的话，希望就以毛遂凑足人数出发吧！"

平原君没想到还会有人主动来找自己，于是上下打量了一番毛遂，问道："你是什么人？"

毛遂回答道："我叫毛遂，是先生的一个门客。"

平原君又问："你到我这里有多长时间了？"

毛遂道："已经有三年时间了。"

平原君说："三年时间不算短了。一个人如果有什么特别的才能，就如同把锥子装在囊中它的尖刺会立刻显露出来一样，他的才能也会很快就展现出来。可你在我府上已经住了三年，我还从来没听说过你，更不知道你有什么特殊的才能。我这次去楚国，肩负着求援兵、救社稷的重任，和我一起去的，都是胸怀韬略的人。没有什么才能的人是不能同去的。依我之见，你还是留下来好了。"

平原君的这番话，说得非常坦诚。但是毛遂却并没有因此而被说服，而是充满自信地回答道："你说得不对，不是我没有特殊才能，而是没有机会让我装在囊中。如果早就把我装在囊中，我的才能就会像锥子那样脱颖而出了。所以，我请求先生给我一个机会，让我去尝试一下。"

平原君听了以后，觉得毛遂说得也有道理，于是就下决心带他一道前往楚国。

从平原君那里回来的路上，平原君的另一个门客对毛遂说道："虽然你毛遂通过自荐获得了与平原君一起前往楚国的资格，但是这样做非常不好。"

毛遂问："哪里不好？"

那个门客回答道："我们赵国的人，自古以来，就有做人低调、谦虚的传统，即便是自己有什么独特的才能，也只会等待别人去发现，自己从来不会说自己有才能。你这样做，实在是太与众不同了。"

"不，你错了，做人的确要低调，但做事却正好相反。如今赵国正是迫切需要人才的时候，我不能再沉默下去了。"毛遂说。

平原君带着门客到了楚国以后，楚王下令接见平原君，但只准他带一个随从上殿面君。毛遂得知以后，又找到平原君推荐自己，最终平原君让他跟着自己去面见楚王。

楚王和平原君两个人坐在大殿之上，从太阳刚刚升起一直谈到了中午烈日当头之时，天南海北，无所不聊，但就是不谈是否愿意出兵相助。这时候，毛遂一个箭步跨上台阶，远远地对着楚王高声喊了起来："大王，楚赵联合抗秦，势在必行。这只是两句话便可以议定的事情。可是，从早晨到现在总也商议不出个结果来，这是为什么呢？"

楚王听了以后，顿时火冒三丈，恼怒地问平原君："这个人是谁？怎么胆敢走上殿来呵斥本王？"

平原君一看毛遂惹了祸，也无计可施，只好如实答道："这个人叫做毛遂，是我的一个门客！"

楚王大声喝道："赶快下去！我和你的主人说话，你来干吗？谁允许你上殿了？"

毛遂看到楚王发怒了，不但没有惧怕，反而往前又走了一步。他的手按在宝剑上，怒目圆睁地说道："尊贵的楚王，你所以敢斥责我，不就是仅着你们楚国是个大国吗？如今十步之内，大王的性命在我的手中，即使你有再多的侍卫也救不了你！"

经毛遂这么一吓，楚王立刻满头是汗，再也不敢作声了。

毛遂又道："楚国是一个大国，理应称霸于天下。可是，你身为一国之君，竟然骨子里怕秦国怕得要死。秦国多次侵略楚国，占领了你们许多地盘，这是多么大的耻辱呀！想起这些来，连我们赵国人都感到害羞。现在，我们来联合你们抗秦，说是为着解救邯郸，同时也是为你们楚国报仇雪恨。可是，你却这般怯懦，这叫什么大王，难道你就不感到惭愧吗？"

在毛遂慷慨激昂的一席话面前，楚王惭愧得不知说什么是好了。

毛遂乘机把出兵援赵对楚国如何有利的道理分析给楚王听。毛遂的一番话，听得楚王心悦诚服，略加思索后，终于答应马上出兵。

楚赵两国签订了联合抗秦的盟约之后，平原君一行人很快地回到了邯郸。见了赵王，平原君说："我这一回出使楚国，多亏了毛遂先生。他那三寸不烂之舌，致使咱们赵国重过九鼎大吕。他真比百万雄兵还要强啊！"

没过几天，楚、魏等国联合出兵援赵，秦军终于退兵。

炼智 毛遂虽然不受平原君的重视,但是他却能够抓住机会勇敢地推销自己,为自己争取到展露才能的机会。他知道自己的国家最需要什么,懂得平原君最看重什么,明了自己真正推销的是什么,最终毛遂凭借过人的胆与识打造自己的品牌,青史留名。

悟道 人活着就是在推销,每个人无时无刻不在推销着世界上最独特的产品——自己。画家推销的是自己绘画才能,书法家推销的是自己的书法才能,钢琴家推销的是自己的演奏才能,作家推销的是自己的写作才能,能成功地把自己推销出去的人,又何愁不能成功推销出去其他东西呢?

给产品找对买家

戴尔·卡耐基是 20 世纪最伟大的心灵导师和成功学大师，被称为"美国现代成人教育之父"。他通过讲述普通人不断努力最终获得成功的故事来唤起人们的斗志，激励他们摆脱碌碌无为的状态，为追求成功而努力。作为作家，戴尔·卡内基著有《沟通的艺术》《人性的弱点》《人性的优点》等书，这些书一经出版，立即风靡全球，先后被译成几十种文字，被誉为"人类出版史上的奇迹"。

但是，戴尔·卡耐基并不是一开始就选择了后来的生活道路，他的经历也并非一帆风顺，在此之前，他遭遇了数不清的挫折和失败，为了改变拮据的生活，他还曾经当过一段时间的推销员。

1908 年 4 月，在国际函授学校丹佛分校的经销公司里，约翰·艾兰奇经理正在对戴尔·卡耐基进行面试。

看着坐在自己面前的这位身材瘦削不堪、脸色苍白得如同一张白纸的年轻人，约翰·艾兰奇先生心想，他一定不是一块搞销售的好材料。的确，就从外表来看，他也不具备一个推销员应有的魅力，怎么能吸引别人来购买自己的产品呢？

"以前做过推销工作吗？"约翰·艾兰奇先生问道。

"没做过类似的工作。"戴尔·卡耐基非常诚实地回答。

"好吧，现在我要对你进行一个小测试，看你是不是能够胜任我们的这份工作。先来回答几个与销售有关的问题。"说完，约翰·艾兰奇先生就开始向戴尔·卡内基提问。

//// 推销困局的奇趣故事

"推销员为什么要推销？"

"为了让消费者了解自己的产品，从而购买这个产品。"戴尔·卡耐基想了想，回答道。

约翰·艾兰奇先生点了点头，表示赞同，接着又问道："你会用什么方式开始与你的客户的谈话？"

"我会说'今天天气真是不错'，或者说'你的衣服看上去很得体'，或者'你的生意看起来很旺'。"

约翰·艾兰奇先生还是点点头，接着问："你会用什么方法把打字机推销给农场主？"

戴尔·卡耐基停顿了一下，然后回答道："非常抱歉，先生，我无法把打字机推销给农场主，因为他们根本就用不上这个东西。"

约翰·艾兰奇先生听到他的答案，高兴地笑了起来，他拍着戴尔·卡耐基的肩膀说道："你被录用了！我想你一定会做出不错的成绩的！"

这是约翰·艾兰奇先生的真心话，因为他的最后一个问题，只有戴尔·卡耐基的答案令他满意，以前的那些应聘者总是会想尽办法胡编乱造出一些滑稽的方法，但实际上，这个问题是没有答案的，因为谁也不会花钱买一个自己根本就不需要的东西。

第二天，戴尔·卡耐基就来到公司上班了，他的工作是推销国际函授学校丹佛分校的教学课程。

对于这个应聘结果，戴尔·卡耐基自己也是非常满意的。当时他刚刚跨出校门，急于得到一份工作，如今他第一次应聘就成功了，已经是一件十分幸运的事情了。因此，戴尔·卡耐基怀着满腔的热情，把自己的全部时间和精力都投入到了自己的推销工作中了。

但是，没过多久，戴尔·卡耐基就意识到自己错误地估计了推销的难度，因为经过一段时间的市场调查，他发现，住在这个地区的居民们对于购买教学课程并不太感兴趣，尤其是这种课程还需要经过漫长的邮寄时间。

尽管现实并不尽如人意，戴尔·卡耐基还是没有放弃这份工作，他开始绞尽脑汁想办法，既然不能用常规的方法把教学课程推销出去，那么，为什么不"智取"呢？

一天，戴尔·卡耐基吃完早餐去上班的路上，看到有一位维修工人正攀爬在电线杆上作业，那天风很大，他的头发被吹得乱蓬蓬的，脸也被冻得通红，看上去非常令人同情。这时，他的钢丝钳不小心掉到了地上。于是，戴尔·卡耐基向前一步，帮他捡了起来，抛给了那位工人。

"干这一行可真是不容易啊，又辛苦又危险。"戴尔·卡耐基主动跟这个维修工人搭讪。

"是啊，干这行不但要忍受风吹日晒，而且还要吃不少苦头，不过这都不算什么，最让人担心的还是安全问题。"戴尔·卡耐基的话引起了维修工人的共鸣。

"我有个朋友跟你是同行，但是他却觉得这一行十分轻松。"戴尔·卡耐基故作随意地说。

"他觉得非常轻松？"维修工人转过头来，惊奇地问。

"是啊。不过以前他和你一样，也觉得这一行又辛苦又危险，但后来，他转变了态度。"

"他是怎么做到的？"维修工人更惊讶了。

"他学习了一门课程，从那以后，工作起来就省力多了。"

"是什么课程？真的能够起到这么好的效果吗？"

果然，这位维修工人开始对戴尔·卡耐基推销的教学课程感兴趣了。最终，戴尔·卡耐基成功地说服了他，让他购买了一套电机工课程。

这是戴尔·卡耐基作为一名推销员推销出去的第一件产品。接下来，他又用同样的方法把教学课程推销给了很多人。直到他离开这家公司的时候，他一直占据着公司里的销售冠军的地位。

炼智 请给消费者一个购买的理由吧！戴尔·卡耐基先是站在维修工人的角度与他谈论这份工作的辛苦与危险，然后又用朋友的案例来现身说法，从而引起他的浓厚兴趣。就这样，一步步"诱敌深入"，让维修工人对教学课程的效果深信不疑，并且相信它能帮助自己改善生活，最终买下了这套教学产品。

悟理 孟子曰："天将降大任于斯人也，必先苦其心志，劳其筋骨，饿其体肤，空乏其身，行拂乱其所为……"在每个人的成长道路上，都会难以避免地遇到困难与逆境。

决定你成功与否的，往往是逆境中你所表现出来的态度。积极而又乐观的心态是戴尔·卡耐基的一大法宝。正因为他不畏困难，在逆境中不断进取，最终才取得了辉煌的成就。那你呢？学会在逆境中成长，才能走出人生的低谷而攀上顶峰。

杜宝林智推"白金龙"香烟

20世纪初期的时候,美国烟草公司和英国的大英烟草公司凭借剥削中国人得来的资本,依靠帝国主义的势力霸占了中国的烟业市场。他们在我国各地设立公司,大肆建造厂房,以极其低的价格收购原材料,还利用中国广泛而低廉的劳动力资源,进行纸烟的生产和销售。因此国产烟受到了很大程度上的挤压,要打开市场十分困难。

1909年,南洋兄弟烟草公司创立,当时由于正处于英美经济势力在我国肆无忌惮地扩张之际,因此,发展得举步维艰。到1915年的时候,资本还只有一百多万元,连英美烟草公司的十分之一都不到。

然而,出于强烈的民族自豪感,这个在风雨飘摇中艰难成长的民族工业并不示弱,他挺身站了出来,勇敢地提出了"提倡国货,挽回利权"这个响彻中国大地的口号,不遗余力地与强大的英美势力相抗衡。不管是在原料收购、产品销售,还是在广告宣传方面,南洋兄弟烟草公司都不惜一切地与英美经济势力针锋相对,虽然因此遭到了他们的百般迫害,也始终毫不退缩。

"白金龙"卷烟是南洋兄弟烟草公司在创建之初开始投入生产的一种香烟,堪称中国民族烟草工业最古老的牌号。南洋兄弟烟草公司用"龙"这个中华民族千百年来一致认可的图腾来命名自己的品牌,希望中华民族有朝一日能够像"龙"一样,一飞冲天。我们今天经常能听到的"饭后一支烟,快活赛神仙"一语就是从"白金龙香烟"的广告语发展而来的。

但是,洋烟垄断了中国市场,"白金龙"香烟要打开销路十分艰难,南洋兄弟烟

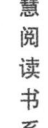

草公司为此想尽了办法。后来,公司的一位市场经理灵机一动,想了一个绝顶妙招。

他先是找到了在当时上海广受人们欢迎、有"一代笑星"和"第一笑嘴"之称的演员杜宝林,请他来帮南洋兄弟烟草公司宣传"白金龙"香烟。杜宝林听了这位经理的介绍以后,连想都没多想就答应了他的请求,并且义不容辞地说道:"抵制洋货、提倡国货是每个中国人不可推卸的责任和义务,我一定尽我最大的努力帮助你们。你就放心吧。"

之后不久,在杜宝林的一次演出中,"白金龙"香烟隆重"登场"了。杜宝林先是像往常一样给大伙逗乐,突然间,他话题一转,开始说起了吸烟:"我们大家都知道,吸烟其实是世界上最坏最坏的事情,为什么会这样说呢?因为我们花钱买尼古丁来吸嘛!尼古丁是什么?那是有毒的物质,对身体有百害而无一利。有人说,'吸烟还不如放屁',因为屁里还有三分半的气,可是烟里呢?除了毒,别的什么都没有。而且吸烟还会对家庭造成不好的影响,比如我老婆就因为我老是吸烟,天天吵着要和我离婚。所以,在这里我奉劝大家,千万不要吸烟!"

听了杜宝林的这番话,大伙都开心地笑了起来,在场的南洋兄弟烟草公司的那位经理却非常失望,他本来是想请杜宝林来宣传自己的"白金龙"香烟的,可是没想到杜宝林却大谈特谈吸烟的害处!这不是给自己添乱吗!这位经理的怒火一下子就冲到了脑子里,正要愤然离去的时候,杜宝林却话锋一转,说道:"不过,话又说回来了,虽然我老婆天天逼着我戒烟,可是,吸烟的人都知道,戒烟是这个世界上最难最难的事了!从16岁开始,我就天天开始琢磨着戒烟,决心下了一大堆,可是,到现在已经有十多年了,结果呢?不但没有戒掉,反而烟瘾越来越大了!为了这,我老婆天天担心,害怕我因为吸烟得了肺病,撂下她进了火葬场。"

观众们又是一阵由衷地笑。

"所以,我左思右想,既然花了这么多年的时间、费了这么大劲也还是戒不掉这烟,不如就想其他的办法吧!不能不吸烟,就吸尼古丁含量最少的香烟吧。大家都知道,洋烟里尼古丁的含量特别多,所以,不是成心想毒死自己的人,还是少去买洋烟吧。我悄悄向大家透露一个小秘密，现在市场上售卖的这些香烟里面，尼古丁最少的要数'白金龙'牌了，信不信由你。反正我自从开始抽'白金龙'以后，不但咳嗽得越来越少了，痰也少多了。我老婆再也不担心我得肺病了，当然也不跟我闹离婚了。"

听到这里，大家又是一阵会心地哄堂大笑，在这样的笑声之中，"'白金龙'香烟尼古丁含量少"就被大家记住了。

后来，"白金龙"香烟果然名声大噪，身价倍增，很快在市场上独领风骚了。

在这之后，为了继续扩大"白金龙"香烟的知名度，南洋兄弟烟草公司又请在广东地区颇负盛名的粤剧艺人薛觉先帮忙进行广告宣传，薛觉先为了支持民族工业，与编剧一起改编了以南洋兄弟烟草公司的产品"白金龙"香烟命名的《白金龙》粤剧。演出的时候，还在舞台大幕上绣着"观白金龙名剧，吸白金龙香烟"的广告词，同时，还免费向到场的观众赠送"白金龙"香烟。这部粤剧一直上演了一年，后来不但灌制成了唱片，还拍成了全国第一部粤语片《白金龙》电影，一下子使"白金龙"香烟的品牌知名度大幅度提高，甚至还畅销到了东南亚。

炼智 南洋兄弟烟草公司借助杜宝林、薛觉先等名人对"白金龙"香烟进行宣传，达到了一种名人效应，因为观众们对名人的喜欢、信任甚至模仿，一下子迁移到"白金龙"香烟身上了，这样不但成功地提高自己商品的知名度，还打开了"白金龙"香烟的销路。

悟理 争"四好"中有这样"一好"——要争当热爱祖国、理想远大的好少年。爱国之所以会被摆在这么重要的位置上，是因为热爱祖国是我们必须具备的一种基本品质。如果不爱国，不热爱我们的民族，又怎么会有爱人之心呢？梁启超曾经说："少年兴则国兴，少年强则国强。"由此可见，少年爱国，国家才会因此而强大。

抢购豌豆罐头

被称为"食品大王""推销怪杰"的吉诺·鲍洛奇出生在社会大变动的1918年,那是一个生活充满艰辛但又机会频现的黄金时代。当吉诺·鲍洛奇在美国明尼苏达州的一个小矿村里降生的时候,迎接他的除了父母的微笑以外,还有无止境的贫穷和饥饿。但从小经历的艰难生活也练就了他坚强的意志和出色的才能。

10岁那年的时候,吉诺·鲍洛奇的推销天赋就展露出来了。那时,经常会有一些人来到矿区参观,吉诺·鲍洛奇发现,这些游客们总是喜欢带走一些当地的东西作为纪念品。于是,吉诺·鲍洛奇就四处搜集了很多五彩缤纷的铁矿石,向游客们推销,果然,游客们对这些漂亮的小玩意儿非常感兴趣,争相前来购买。后来,其他的孩子们也仿效他的做法,这时,吉诺·鲍洛奇又想了另外一招:他把精挑细选出来的矿石装到了小玻璃瓶里,在阳光的照射之下,铁矿石折射出了五颜六色的光辉,游客们对它们爱不释手,吉诺·鲍洛奇还乘机把价格提高了一倍。

这次经历让吉诺·鲍洛奇尝到了推销带来的乐趣。14岁的时候,吉诺·鲍洛奇离开了学校,开始踏上生活之路,他选择一家食品店当了一名推销员。

吉诺·鲍洛奇所在的食品店是一家连锁店,属于杜鲁茨食品商戴维·贝萨。戴维·贝萨没有儿女,因此,多年以来,他一直想物色一个聪明又勤劳的年轻人做自己的接班人。当他发现吉诺·鲍洛奇在工作中展现出来的才能以后,就把他调到了杜鲁茨总店,亲自对他进行指导,打算好好培养他。

有一次,公司进了一批豌豆罐头。可是很多顾客购买了以后都表示不满,说这种豌豆不但颗粒大，而且吃起来口感也不好。后来，来买这种豌豆罐头的人越来越少，仓库里积压得越来越多。戴维·贝萨恰好想考验一下吉诺·鲍洛奇，于是就把推销这批豌豆罐头的艰巨任务交给了他，让他想尽一切办法，一定要把这批罐头卖出去。

吉诺·鲍洛奇知道这是老板对自己的一个考验，于是他暗暗下定决心，要漂亮地完成这个任务，为自己争口气。

但是，吉诺·鲍洛奇也知道，这批豌豆罐头之所以滞销，是因为其质量不佳。现在，要想用常规的方法把这些罐头卖出去是非常困难的，这样不但耗时，而且货物堆放得越久越不容易卖。最好的方法就是把它们一次性地抛售出去。

回到自己的住处以后，吉诺·鲍洛奇就挨着打电话给自己的一些老客户，让他们第二天到食品店的仓库里来，说是为了回馈老客户，要给他们推荐一批新产品。

老客户们一听，这简直是天上掉馅饼的好事，于是第二天都按时来找吉诺·鲍洛奇。到了仓库以后，他们发现一个角落里堆着满满当当的罐头食品，吉诺·鲍洛奇正指挥着工人把这些罐头食品往外搬，忙得不可开交。

吉诺·鲍洛奇看到客户们都来到这里以后，就停下了手头的工作，一脸歉意地和他们打招呼："实在是不好意思，让你们久等了。我打电话让大家来，就是为了给大家介绍这种新产品。"

说着，他随手拿起了一罐豌豆罐头，给大家介绍道："就是这种豌豆罐头。"

还没等吉诺·鲍洛奇说完，客户们就开始议论了起来："原来是这种罐头，我以前吃过，口感不太好，吃起来不是很可口。""这种罐头据说不太好卖，还常有退货。"

吉诺·鲍洛奇清了清嗓子，接着说道："请听我说，这种罐头和你们以前吃过的那种并不一样。市场上有很多种豌豆罐头，颗粒大小各不一样，平均来看，每罐罐头的价格大约为一美元左右，但是我们的这种罐头却不是这样的，不但颗颗饱满，而且大小也比较均匀，最关键的是，这种罐头只售八美分！"说着，他还打开了两罐豌豆罐头，给客户们展示。

客户们纷纷凑过来看那两罐打开的罐头，有的人提出了质疑："这种罐头的颗

//// 推销困局的**奇趣**故事

粒那么大，口感应该不太好吧！"

"你说得非常对，我们都知道，豌豆颗粒大了，口感就会打折扣，可是从另一个角度来说，它富含的营养价值却增多了！现在生活水平提高了，消费者更重视的是营养。现在城市里的人们已经掀起了吃豌豆罐头的热潮，我看用不了多长时间这股风就会刮到我们这里来。想象一下吧，到时候这种罐头可不会再卖八美分了！昨天晚上就有人连夜来找我，要求订货，你看，这些搬运工人正忙着运货呢。要不是为了回报你们这些老客户，今天我也不会把你们叫过来了。"

客户们仍然半信半疑，交头接耳地商量着。

吉诺·鲍洛奇又接着说道："这样吧，要是你们都要的话，我可以给你们来个更优惠的价格，还会送货上门！你们可以先商量商量再做决定。不过一定要快一些，说句实在话，这批货卖完以后，还不知道什么时候才会进第二批呢，要是被别人抢光了，可别怪我不给你们留啊！"

就在吉诺·鲍洛奇说话的时候，搬运工人们一直急着搬运货物，仓库里的豌豆罐头越来越少了。这时候，客户们终于沉不住气了，开始要求订货。只用了不到半天的时间，所有的豌豆罐头就被风卷残云一般抢购一空了。

最终，吉诺·鲍洛奇也由一个推销杂货的小推销员发展成为超级食品公司的大老板。而且只用了不到20年的时间，他就成为了拥有亿万资产的巨富。

炼?智 吉诺·鲍洛奇没有把这批货物简单地清仓甩卖，反而走不同寻常的销售路线，用"扬长避短"之法来给这些大颗粒的豌豆罐头造势，大肆宣扬它的营养价值，用营养弥补口感上的缺陷，提升了罐头的身价，并用时不我待的热销假象，成功地让这批"滞销货"变成了"抢手货"。

悟? 人生的旅途上，戴在成功者头上的桂冠从来都是用荆棘编织而成的！能屈能伸的关节使坚强的骨骼行动自如，而充满艰辛的逆境能让你的人生逐渐成熟，臻于胜境。

靠推销大米起家的王永庆

1917年,王永庆出生在台北县新店镇的一家普通的茶农家庭里。王永庆的父亲早年间以种茶贩茶养家糊口,一家人日子过得还不错,但是天降横祸,父亲人到中年的时候不幸得了一场大病,耗尽了家里的所有财产,使得家境由此陷入了窘迫之中。从那以后,家里家外的所有粗工细活全部落在了王永庆的母亲瘦弱的肩膀上。

15岁的时候,王永庆中断了学业,离家南下,开始自己的闯荡生涯。他先是到了嘉义县做了一名配米的工人,这家米店,和别的米店相比,规模非常小,因此生意也就更冷清一些。王永庆每天起早摸黑,勤劳做事,虽然辛苦,但每月总能从老板手中接过一点微薄的工资。

做了一年的配米工以后,王永庆做了一个大胆的决定:自己创业,开一家米店。这个想法有点异想天开,但是父亲却非常支持他,还到别人家里借来了200块钱,寄给王永庆。王永庆就以这200块钱作为本钱,在嘉义开了一家小米店。

由于背井离乡,再加上白手起家,生意上的艰难困苦可以想见。小店刚刚开张,很多问题就接踵而至:没有积累下来的信誉、没有固定客户的支持、没有流动资金、没有足够的帮手等等。在与其他米店的竞争之中,王永庆的这家小米店就像落进了一堆卵石中的鸡蛋,脆弱而又无助。但是,凭着灵活的头脑和出色的推销策略,王永庆最终还是逐渐打开了局面。

当时,很多米商的产品里都难免会混进去沙石和米糠,时间长了以后,卖米的和买米的都习以为常,见怪不怪了。但王永庆却不同,他总会细心筛选,把米糠吹掉,把沙石一粒一粒拣干净,在品质上做到比别家店都要好。这一额外的劳动,获得的回报是意想不到的。他推销的米大受欢迎,很快就聚集了一批固定的客户。

为了扩大销路,王永庆还随身带着一个小本子,本子上详细地记录了每个顾客家里有多少人、一个月消耗大米的数量等信息。等到估摸着顾客家里的米已经吃得差不多的时候,王永庆就会主动和顾客联系,及时地把米背上门来。王永庆不仅仅是把米送上门就万事大吉了,每次他都会亲手把米倒进顾客家的米缸里。如果米缸里还有一些旧米,他会小心地把旧米倒出来,认真地将米缸刷干净,先把新米倒进去,然后把旧米倒在上面,这样米就不会因为放久了而变质。这一小小的细节,让顾客对他大加称赞,不买王永庆的米都觉得不好意思了。

在那个时代,台湾民众的生活是非常拮据的,因此,在买米的时候就免不了要欠款赊账。为了及时回收米款,并避免给客户造成不便,同时也给自己省去不必要的麻烦,王永庆总是先打听好客户发薪水的日子,然后在第二天登门收账。这样一来,王永庆的米既卖得快又口碑好,生意自然蒸蒸日上。

在当时,这种零卖的生意自然是利润微薄,送一斗米只能够赚到大约一分钱,发展空间非常有限,而且又十分辛苦。有一次已经到了深夜两点钟,外面还下着雨,一家小客栈的厨师突然跑到米店敲门,要求马上送一斗米过去。王永庆听了以后只得从被窝里爬起来,随便往身上披了个粗麻袋片就跑出去送米,回来后全身已经被淋湿了,冻得瑟瑟发抖。

这次经历使王永庆开始思考自己的出路,虽然米店现在已经有了非常多的固定客户,但如果想要多赚钱,还是要向上游发展,搞批发业务,或者由自己来碾米,然后再自己卖或者批发给别人。因为时间久了以后他逐渐发现,沿着这条线越往上走,厂商越来越少,竞争也越来越小,并且行业的利润也就越高。于是第二年,他又开设了自己的碾米厂。

在日本殖民统治时代,台湾人与日本人在各方面受到的待遇简直如同云泥之别。就在王永庆的隔壁,有一家由日本人经营的碾米厂。日本人能够享受到各种各样的优惠条件,这使得王永庆从一开始就处于十分不利的竞争地位。他意识到,只有自己更加努力工作才能使处境得到一些改善,于是,日本人的碾米厂下午六点钟就可以停工休息,但他却要一直做到晚上十点半;日本人下班后可以洗热水澡,而王永庆则只能在屋外的水龙头旁冲冲冷水澡而已,即使寒冷的冬天也不例外。

但不管怎么样,通过王永庆的努力,生意还是有了很大的起色。这不仅仅是因为王永庆生活节俭,更重要的是,他能够拼尽全力去追求利润,并且比日本人做得既巧妙又实惠。

到了20世纪40年代,台湾的水稻由于干旱而导致收成大减,并且因为供应日本侵华战争所需物资的关系,粮油等物资极端匮乏,于是日本人开始在台湾实施物资配给制度,其中一项便是对大米采取"共精共贩"的方式供应。也就是说,对稻米的碾、售实施配给制度。当时的嘉义市大约有12家规模不一的碾米厂,在实施了新制度后仅剩下两家,其余的都关门大吉。王永庆的米店和碾米厂当然也在被迫关门之列。

但是,凭借着推销大米积攒下的财富,王永庆又相继创办了其他企业,从此走上了经商之路,并最终成为台湾广为人知的"经营之神"。

在回忆这段往事时,王永庆说:"贫寒的家境,以及在恶劣条件下的创业经验,使我在年轻时就深刻体会到,先天环境的好坏不足喜亦不足忧,成功的关键完全在于一己的努力。"

炼智 王永庆能够设身处地为客户着想,不但随时送米上门,就连防止大米变质等细节都充分注意到了,为客户真正做到了极致,最终赢得客户的信赖和支持也就在意料之中了。

悟理 每个人的心底都有一朵盛开的花,为执著而绽放,经磨砺而鲜艳,因坚强而美丽。

没有谁的人生是一帆风顺的,磨难是宝贵的人生历练,是演绎着生命华彩的音符。

发动义务推销员

一个只有小学学历的人，曾在茶楼里端茶送水的卑微打工仔，走街串巷推销铁皮桶的五金厂小推销员，竟然能够通过多年奋斗，积累了无数财富，成为香港首富，这实在是令人难以置信！也许你会觉得这是天方夜谭，但实际上这却是一个人真实的传奇人生。创造这个商业奇迹的人就是香港家喻户晓的商业大亨李嘉诚。

13岁的时候，李嘉诚的父亲不幸去世了。失去了顶梁柱以后，家里再也没有钱供他读书了。于是，李嘉诚只能辍学回家，用稚嫩的肩膀承担起家庭的重担。因为他年纪太小，找工作非常困难，最后，只有一家茶楼愿意接受他，这就是他的第一份工作——茶楼里的跑堂。

每天早上天还没亮的时候，李嘉诚就要从床上爬起来，扫地、拖地，准备开张。等到了开门营业的时间，他又要开始倒茶、招呼客人、擦桌子……一天下来，几乎没有歇脚的时候。茶楼里来来往往的人很多，大多数都是来谈生意的，因此，虽然忙得不可开交，李嘉诚还是会抓住每一分钟的空闲时间，认真观察、学习别人是怎么做生意的。在茶楼当跑堂的这段时间里，他学会了揣摩别人的心理，养成了察言观色的本事，这对他以后做推销工作大有裨益。

第二年，李嘉诚离开了茶楼，到一家五金厂做了一名推销员，从此开始了自己的推销生涯，他敏锐的观察能力和分析能力在这里派上了用场。

五金厂主要生产铁皮桶，推销铁皮桶就成了李嘉诚的工作。当时，销售铁皮桶的最主要渠道是卖各种生活用品的杂货铺，因此，推销员们都把杂货铺作为重要的

//// 推销困局的奇趣故事

销售对象。李嘉诚刚开始做这一行就感受到了很大的压力,在这个市场上,竞争的激烈程度已经不亚于千军万马过独木桥了。

怎么才能从这销售困境中突围出来呢?李嘉诚认真思考了很久,最终独辟蹊径,决定采取避实就虚的方法来创造推销佳绩。

在对市场进行周密的调查之后,他发现,酒店和旅馆是铁皮桶的主要消耗者,于是,他把自己的主要力量放在了对酒店和旅馆方面的推销。在当时,推销员们都很少到酒店和旅馆进行直接推销,因此,老板们都对李嘉诚产生了浓厚兴趣:在他这里买铁皮桶不但价格更便宜,而且还送货上门节省了自己的时间和成本,何乐而不为?李嘉诚通过这一招一下子就卖出了是以往好几倍的铁皮桶,可谓大获成功。

后来,李嘉诚又把视线瞄准了当时没有人重视的家庭散户。虽然每个家庭通常只能用一两只铁皮桶,但是积少成多,聚沙成塔,数量也是不可小觑的。那么,怎么才能占领这个庞大而又零散的市场呢?李嘉诚为此冥思苦想,伤透了脑筋。

一天,李嘉诚路过一个小区的时候,看到几个老太太坐在路边的石凳上,一边择着菜,一边有说有笑地聊天。这个场景触动了他,让他计上心来。他以老太太为突破点,来进行铁皮桶的推销。因为老太太们有充足的时间,而且喜欢聚在一起闲聊,如果她们觉得铁皮桶好用,自然就会到处宣传。这样,只要成功赢得了一个老太太的信任,也就等于赢得了整个小区的客户。

于是,李嘉诚在闲暇的时候经常走到小区里,热情、真诚地跟老太太们聊天,赢得他们的好感与信任之后再把铁皮桶推荐给她们使用。结果果然在他的预料之中,过了没多久,老太太们就纷纷成为了他的义务推销员,到处为他宣传铁皮桶有多好用、质量怎么好,来找他买铁皮桶的人越来越多,他的推销获得了空前的成功。

由于李嘉诚的销售业绩在员工中越来越出色,老板非常赏识他,因此,在他17岁的时候就获得了晋升,成为了五金厂的业务经理,管理着整个五金厂的销售工作,不久之后,又被提拔为总经理,实现了职业生涯中的"三级跳"。

做推销员期间,李嘉诚勤于学习,善于动脑,积累了无数宝贵的经验。后来,李嘉诚离开了五金厂，开创了自己的事业，从一文不名的穷小子一步步发展成为叱咤风云、无人不知的商界大亨。

炼智　《孙子·虚实》："兵之形，避实而击虚。"指的是在行军作战的时候，要避开敌人的主力，攻击敌人的薄弱环节。李嘉诚在拓展市场的时候采用的就是这一计谋。当所有的推销员都把主要力量集中于杂货铺这一销售渠道的时候，李嘉诚并没有影从，而是另辟蹊径，将目光瞄准了酒店、旅馆以及家庭散户等这片空白市场上，用自己的聪明才智和辛勤努力开拓出了属于自己的一片广阔天地。

李嘉诚以后的事业发展过程中，也经常使用避实就虚的计谋，屡屡获得意想不到的良好效果，为他的成功奠定了良好的基础。

悟理　成功注注与勤奋结伴而行。然而，世界上勤奋的人如同夜空中的繁星，成功者却寥寥无几。其间，在跋山涉水向着成功进发的路途上，没有勤奋是万万不行的，但只有勤奋也是远远不够的，还要做一个生活中的有心人，善于多观察、勤学习、巧动脑，成功才会青睐于你。

"股神"的报童生涯

靠亲戚朋友凑来的10万美元起家,用四十多年的时间缔造了一个价值几百亿美元的庞大王国,2001年底净资产增长到1 620亿美元,成为第一位靠股票投资拥有数百亿美元身家的世界顶尖级投资家,他就是世界"股神"——沃伦·巴菲特。在2008年的《福布斯》排行榜上沃伦·巴菲特的财富超过比尔·盖茨,成为世界首富。2011年2月15日,他获得象征美国最高平民荣誉的自由勋章。2011福布斯全球富豪排行榜在纽约发布以后,沃伦·巴菲特以身价500亿排名第三。

然而,虽然沃伦·巴菲特今日拥有了举世瞩目的辉煌成就,成为了全世界最富有的人,但鲜为人知的是,这位世界巨富在年轻的时候曾经做过《华盛顿邮报》的推销员,备尝生活的艰辛。

沃伦·巴菲特的母亲曾经回忆说,当她的儿子还只是一个年仅6岁的孩子,就以很低的价格在祖父的杂货店里购买一箱可乐,然后又以每瓶五美分的价格挨家挨户去兜售。炎热的夏天里,走街串巷去推销可乐是一件很累的事,沃伦·巴菲特经常热得满头大汗,然而,他却从来没有抱怨过什么。

不仅如此,沃伦·巴菲特还会到汽水机旁捡起那些被人们丢弃的瓶盖,把它们分门别类,并计算一下各种瓶盖的数量,通过这种方式来判断哪种牌子的汽水销路最好——这也许就是沃伦·巴菲特推销天赋的初次显现了。

后来,沃伦·巴菲特顺利地进入了华盛顿的爱丽斯·迪尔中学读书,但他在学习方面投入的精力并不多,而是把更多的时间用在了课外活动上。在当时,沃伦·巴菲特的主要目标是能够成为一个勤勉刻苦的报童。学业之外的业余时间里,沃伦·巴菲特是《华盛顿邮报》的一名推销员,那时他才 15 岁。当其他的孩子还在父母的细心照顾下过着吃穿不愁的优越生活的时候,沃伦·巴菲特已经开始走上街头推销报纸赚钱了。

但是,对于报童沃伦·巴菲特来说,推销《华盛顿邮报》并不是一件非常轻松的事情。当时正值 1945 年,第二次世界大战刚刚结束不久,硝烟还未彻底散尽。美国虽然在这次战争中取得了完全的胜利,但战争带来的社会动荡却彻底摧毁了美国人的生活,贫困深深地困扰着每个美国人。当时百废待兴,人们都投身于繁忙的工作之中,为改变窘困的生活而奔波忙碌,很少有人愿意停下脚步来读一份看上去无关紧要的报纸。因此,虽然沃伦·巴菲特在街头推销报纸的时候激情万分,非常卖力,却没怎么有人注意到他,推销出去的报纸更是寥寥无几。

后来,沃伦·巴菲特意识到像这样走街串巷漫无目的地推销报纸,指望着人们主动从口袋里掏出钱来几乎是不可能的,于是他不再像其他报童那样到处乱撞碰运气似的推销报纸,而是开动脑筋,开始认真寻找更好的推销方法。他先对社区里的人进行了解,并总结出了五条线路,这些线路上居住的大多是知识分子,相对来说,他们对报纸的接受程度要高于其他人。接下来,沃伦·巴菲特画了一份详细的线路图,把有可能订阅报纸的人都在线路图上标示出来,并注明了他们的职业、上下班时间等等,然后对这五条线路进行优化,使自己能够用最短的时间走过最多的地方。这样,不但节约了自己的时间,大幅度提高了卖报效率,而且还使订阅量有了显而易见的提高。

除此之外,沃伦·巴菲特还想了其他的一些方法,比如他还利用自己的智慧研究出了一个简单便捷的报纸订阅方案——从被扔掉的杂志里撕下带有产品有效期的不干胶贴纸,把它们进行分门别类,然后在合适的时间里请顾客从中选择要继续订阅的杂志。

推销报纸非常辛苦,不仅路程远,而且工作量还十分大,这让其他的报童苦不

//// 推销困局的 奇趣 故事

堪言,先后辞去了这份工作,但沃伦·巴菲特却从来没有打退堂鼓,他始终坚持着。对于他来说,这不仅是一份工作,也是他的职责。他几乎风雨不误,即使是在寒冷的冬天里,也会在清晨坚持从温暖的被窝里爬起来,顶着寒风去卖报纸。甚至连生病的时候,沃伦·巴菲特也记挂着自己的工作,让父母都为之感动不已。

久而久之,在这五条线路上居住的人们都记住了这个勤奋努力的小男孩,他们不但乐于从他这里订阅《华盛顿邮报》,而且还会劝说自己的邻居、朋友也到沃伦·巴菲特这里买报纸,很快,沃伦·巴菲特就成为了卖出报纸最多的报童。1947年,到沃伦·巴菲特高中毕业的时候,他积攒了大约6 000美元的财富,这在当时,对于一个年轻人来说,已经是一笔不小的份额了。

沃伦·巴菲特为什么能够成为令世人瞩目的世界投资大王?我们从他做报纸推销员时所展现出来的聪明才智和勤奋努力也许就能够找到答案,窥一斑可知全豹,沃伦·巴菲特的成功,与他的汗水与头脑是分不开的。

炼智 计谋通常都蕴涵于有效的观察之中。同样是推销报纸,少年沃伦·巴菲特并没有像一只无头苍蝇一样乱撞,而是懂得适时冷静下来,从观察、总结之中发现了最容易推销成功的五条线路,然后舍小取大、抓住重点,最终成为了其中的佼佼者。

悟理 印度哲学家奥修在《智慧金块》中曾经说过:"你并不是一生下来就是一棵树,你一生下来只是一颗种子,你必须成长到你会开花的点,那个开花才是你的满足和达成。"开花结果固然是件令人愉快的事,然而成长本身充满了汗水和泪水,就像一首歌里唱的那样"谁也不能随随便便成功,不经历风雨,怎么能见彩虹"。可见,要想真正长成一棵参天大树,就要有承受痛苦、不懈奋斗的勇气和决心。

专业做尿布的多川博

提到婴儿用品,浮现在人们脑海里的会是什么东西?也许大多数人在第一时间都会想到奶粉和尿布这两种产品。那么,提到尿布你又会想起谁?大概会是"尿布大王"——日本尼西奇公司的多川博。

多川博是日本著名的企业家,他们公司的主营产品是婴儿尿布,在他的经营之下,公司凭两千多名员工和一亿日元的资本,使年销售额从无到有,最终实现了近百亿日元的突破,而且还以20%的速度快速增长。多川博由此一跃成为世界上鼎鼎有名的"尿布大王"。

多川博与婴儿尿布的之间的不解之缘,令他自己都十分好奇。他是一个富有冒险精神、充满想象力的人。在他年轻的时候,他的梦想是考进日本著名的神户商业大学,成为一名人人羡慕的"天之骄子",然而,1941年,太平洋战争的炮火无情地击碎了他的这个梦想,无奈之下,他只好在岳父管理的一个专门生产胶质尿布、游泳帽、防雨斗蓬、卫生带和雨衣等橡胶产品的小工厂里打打杂、做帮手。

这家工厂就是后来被多川博经营得风生水起的尼西奇公司。然而,在当时,这家公司还是籍籍无名的小工厂而已,没有什么主导产品,卖的产品就像一锅"大杂烩",市场上什么好卖,它就生产什么,根本没有什么章法可言。这种泛泛的、杂乱的经营根本无法形成自己的特色,因此公司的发展一直处于举步维艰的状态,更没有什么知名度。

后来,岳父退休以后,多川博就接手了这家企业。当时,公司已经陷入了非常困难的境地，由于战争期间社会动荡不安，订单逐渐减少，开工不足，公司一度还面临着倒闭破产的危险。但是，多川博并没有因此而束手无措、自乱阵脚，而是认认真真地分析了公司目前存在的问题，尽自己最大的努力寻找起死回生的办法。

一次，多川博从日本政府发布的一份人口资料中获得了一丝启迪：在日本，每年大约有250万新生婴儿。多川博想，假如这250万婴儿每年只用两块尿布，那么，一年的时间里，就会消耗掉500万条尿布。这还是最低限度的估量，而且也没有考虑到巨大的潜在市场需求。尿布虽然看起来一点儿也不起眼，但却是一个未经开发的广阔市场。而且，当时太平洋战争已经接近了尾声，多川博预计，在战争结束以后，随着社会生活的逐渐稳定，一定会出现一个婴儿生育的高峰期，而尿布的销量随着婴儿出生率的提高也会有所增加。

于是，他决定对自己的公司进行改革，彻底放弃尿布以外的产品，实行尿布专业化生产。他们生产的尿布采用最新科技、最新材料，不但质量精良，而且颜色、规格很多，可以供客户自由选择。多川博投入了很大精力去宣传这种新型尿布的优点，希望能够在市场上引起轰动。但令他失望的是，新型尿布投入市场以后，反应平平，基本无人问津。

多川博没想到自己的辛苦努力换来的是更加拮据的局面，他万分焦急，每日冥思苦想，寻找打开销路的方法。后来，他终于想出了一个好方法：他让自己的员工假扮成顾客，都去商店购买自己的产品，一时间，卖尿布的柜台前排起了一个长龙，从店里一直排到了店外。

路过这里的人们都非常疑惑："人们在排队买什么东西？""到底是什么商品，竟然吸引了这么多人排队来买？"一些好奇的人就询问排队的那些人，而多川博的员工就会乘机给他们介绍这种新型尿布的好处，妈妈们听了以后就纷纷加入了排队的队伍中。就这样，一传十，十传百，渐渐地，大家都知道尼西奇公司生产的新型尿布非常好用，来买尿布的人也就越来越多。

为了留住这些顾客，多川博还投入了大量资金，聘请了二百多名具有丰富的育婴经验的妈妈们,让她们来进行尿布的宣传和购买指导工作。她们会根据自己的亲身体验向顾客说明尿布的特点、使用方法以及洗涤方法,给他们介绍尿布的尺寸、规格以及挑选适合自己孩子的尿布的基本方法等等。有了这项服务,很多初为母亲的人蜂拥而来,新型尿布的销售更加红火了,成为了市场上的抢手货。

凭借脚踏实地、永不松懈的经营风格和深谋远虑、灵活多变的推销策略,多川博建立起一个庞大的"尿布王国",他带领尼西奇公司在如火如荼的市场竞争中不断发展壮大,成为年产尿布一千多万块的世界超级日用品企业,不但垄断了日本国内的婴儿尿布市场,而且还出口到世界各地。由于多川博在扩大出口方面所做的出色成绩,他被授予在日本人人梦寐以求的"蓝绶勋章"。

炼智 多川博之所以能够打开新型尿布的销路,是因为他了解客户的心理,利用了他们的从众心理效应。所谓知己知彼,百战不殆,正是如此。当然,利用营造出来的"尿布畅销"氛围来推销产品只是吸引客户的一种手段,最重要的还是多川博的尿布质量好,得到了顾客的认可。

悟理 逆境是人生的试金石。软弱的人在逆境袭来之时,就会匆匆缴械,向命运低头。但坚强的人却懂得,我们正是为了历经这些逆境而来。

因此,逆境常常会成为人生的一个分水岭,被逆境打垮的人,从此消沉下去;从逆境中勇敢崛起的人,让自己的人生从此"柳暗花明"。

原一平智斗三菱总裁

在日本，有上百万从事人寿保险推销业的人，他们或许不知道日本几十家人寿保险公司的总经理是谁，但却没有一个人不认识原一平，他被誉为"推销之神"。

23岁那年，原一平带着行囊走出了家乡那片狭小的天地，来到东京闯荡，希望在这个繁华的大都市里找到自己的立足之地。但是，对于一个既没有学历也没有什么拿手技能的人，生存谈何容易？

他先后去过很多公司应聘，但是面试官一看他身高不到一米五又瘦弱不堪的样子，都纷纷摇头，或生硬或委婉地拒绝了他。但是原一平并没有因此而气馁，经过坚持不懈的努力之后，他最终成为了明治保险公司的一名推销员。

工作之初，原一平的薪水少得可怜，为了节省开支，他不得不过着苦行僧一般的生活。为了省钱，他连中午饭都不吃，上班不坐公交车只靠步行，租住在一间小得只能容下一张床的房间里，甚至一度还睡在公园里的长凳上……这些艰难困苦没有将原一平打败，他的心中始终都燃烧着"绝对不能认输"的烈火。

凭借着这股不服输的精神，原一平的工作渐渐有了起色，并且越做越好。到1936年，他的销售业绩已经超过了所有人，成为了公司里的销售冠军。可他并不满足于这样的成就，为此，他制定了一个在别人看来不可思议的推销计划——他要找到明治保险公司的董事长串田万藏，向他要一份介绍信。因为串田万藏不仅仅是原一平所在的保险公司的董事长，还是三菱集团的总裁，是整个三菱财团的实际掌控者。他出具的介绍信就像一块"敲门砖"，原一平不但可以轻松打进三菱旗下的所有企业，而且还可以和其他与三菱集团有业务往来的企业建立关系。

但原一平并不知道，在明治保险公司有一条约定俗成的规定：凡是从三菱集团来到明治保险公司工作的高层人员，绝不可以为推销员介绍客户。董事长串田万藏正是这条规定的倡导者。

不知情的原一平信心十足地来到了董事长办公室，请求会见串田万藏。那时还不到上班时间，于是秘书把他带到了会客室，让他在这里等候串田万藏。

从早上9点到11点，原一平在会客室里如坐针毡地等了很久，也没有人来招呼他。后来，因为工作太疲倦的原因，他竟然迷迷糊糊地睡了过去。

不知睡了多长时间，原一平在梦中隐隐约约感到有人在推自己，于是愕然醒来，抬头一看，竟然是董事长！他一下子慌了起来，狼狈不堪地看着董事长，事先做好的准备全都忘到了脑后。

串田万藏大声问道："是你找我？"

还没有彻底清醒过来的原一平听到串田万藏的问话，顿时冒了一头冷汗，他磕磕巴巴地说："我……我是原一平，是明治保险公司的一名推销员。"

"有什么事情？"

这时，原一平才提起了精神，开始讲述自己的推销计划，谁知道他刚说了一句"我想请您来帮我介绍……"，就被串田万藏劈头打断了。

"介绍？难道你以为我会替你介绍保险这玩意儿？"

在来之前，原一平曾经预料到自己的恳求一定会被拒绝，于是提前准备了一套说服对方的说辞，但他怎么也没有想到，串田万藏竟然会十分鄙视地说保险只是个"玩意儿"。他一下子束手无策了，但是对工作的热爱又使他十分愤怒。

一瞬间，他的脑子里闪现很多对策，但是都被他否定了，最后他决定铤而走险："你这个混账的东西！"他大声吼了起来。说完，他还激动地向前走了一大步，把串田万藏逼得急忙后退了一步。

"你说保险只是个让人瞧不起的'玩意儿'？说这种话的人竟然是我们的董事

长！又是谁经常教育我们，说要把保险当成是自己的事业？我们竟然奉为圭臬，一直这么热爱自己的工作！这真是太令人失望了！"

说完，原一平就转身离开了会客室。走出三菱大厦以后，原一平心里久久不能平静。他想，如果董事长因为自己的这番言辞而大发雷霆的话，恐怕回到公司就该卷铺盖走人了。

没想到的是，他刚回到公司不久，串田万藏就打来了电话，说原一平作为一名员工竟然敢大声呵斥自己，实在是令他生气不已。但是生气之余，他又自己进行了反思：作为公司的一员，是有责任为公司贡献力量拓展业务的。最终他决定取消公司以前的规定，而且同意帮原一平推荐客户。不仅如此，串田万藏还决定把三菱集团旗下所有企业的退休金作为保险金投给明治保险公司。

原一平听了以后，兴奋不已。他的勇敢顶撞，不但赢得了公司上下的一致敬服，还获得了串田万藏对他的善意支持。

在原一平的努力之下，他终于一步步实现了自己的目标：三年后，也就是1949年，他成为日本的销售冠军，并在这个宝座上一坐就是16年。

炼智 面对串田万藏对保险业轻蔑的态度，原一平并没有屈服，而是冒着被开除的危险，用勇敢顶撞的方式表达了自己对工作的热爱，激起了串田万藏的深刻反思，并使其最终意识到了自己的错误，转变了自己的态度。一招"欲擒故纵"取到了意想不到的效果，"纵"的是自己的愤怒，而"擒"的却是公司高层的信任与支持。

悟理 困难就像一只"纸老虎"，只要坚持不懈，就能找到可以攻玉的"他山之石"。而且，在"山重水复疑无路"之时，不妨沉下心来，换个角度去尝试，也许就会迎来"柳暗花明又一村"的美好前景。

按下客户的"心动钮"

有一次,日本的"推销之神"原一平发现了一个潜在客户——一位著名教授的儿子。按照他以前的经验,这种保险应该是轻而易举就可以拿下的,因为教授和教授夫人应该是非常重视教育的人。但是,出乎原一平的意料的是,尽管他上门拜访了他们很多次,教授夫妇对保险的兴趣始终不大。

一天,原一平一如既往地到教授家里拜访,恰好教授外出授课去了,只有教授夫人一个人独自在家,原一平又跟她聊起了教育保险,但是,教授夫人却像往常一样表现出了排斥的情绪。

这时,原一平开始放眼在屋子里观察,几张在立柜上摆放成一排的黑白照片吸引了他的目光。他问道:"那张照片看起来很有历史,我能走近一点去看一下吗?"

教授夫人点点头,答应了他的请求。

原一平走了过去,一张一张地看了起来。照片上都是同一个人,是一个看上去颇有学问的中年男子。"这位是……?"他忍不住问了起来。

"这是我的父亲,这些照片都是他年轻时候拍的。他是一位了不起的医生,医术非常高明。"一说起照片中的人,教授夫人的语气中充满了自豪与骄傲。

"医生可是一个了不起的职业,救死扶伤,拯救别人于痛苦之中。"原一平感叹道。

"是的,我一直很崇拜我的父亲,可惜我的丈夫不是医生,是一个文学教授。"

说到这里,原一平已经找到了说服教授夫人的"钥匙"了。他走了回来,对教授夫人说:"那您的儿子呢?他对什么感兴趣?"

教授夫人遗憾地说道:"别提了,我的儿子一点儿也不像他父亲,他不但一根筋,而且脑子也不灵光。他的父亲也说过,这个孩子不够聪明,是成不了学者的。"

"那您和您的丈夫是希望他以后学文科吗?"原一平试探地问道。

"是的,我们希望他以后能够继承他父亲的衣钵,在文学上有所成就,可是谁知道他根本就不是那块料,这件事一直是我们心中的遗憾。"

听到这里,原一平有些生气地说:"太太,我来这里很多次,虽然你们一直对我的教育保险不感兴趣,但我还是坚持来拜访你们,是因为我认为你们是真正关心子女的家长,是把孩子的未来发展放在心上的家长,但是没想到我看错了,真是遗憾!"

教授夫人一听,十分不解:"天下哪有不希望自己的孩子成才的家长?我们当然也希望孩子以后能有光明的未来。"

"可是父母是父母,孩子是孩子,您为什么一定要让他按照他父亲的道路走下去呢?难道他以后不能成为一名像他父亲那样的学者,就能说明他没有任何发展前途吗?作为父母,千万不要只凭着自己的感觉就为孩子定下方向,那有可能是错误的!"原一平苦口婆心地说道:"就算孩子在文学方面没有表现出什么优势,但也不代表着他不够聪明,也许他在其他方面有一些别人所不及的天赋,只是你们没有发现而已。"

教授夫人想了想,说道:"也许你说得对,我儿子虽然对文学不感兴趣,但是对理工科却好像有些兴趣,而且他的理工科成绩倒是不错。"

"那么,你们就没有发现他在哪一方面有明显的爱好吗?"原一平接着问。

"这孩子总是喜欢待在他外公的诊所里面,我想他在医学方面或许有些天赋。"教授夫人回答道。

"既然这样的话,你们为什么不让孩子自己来选自己的专业呢?不去干涉他,给他自由发展的空间,也许对他会更好一些。"原一平由衷地说,"而且,您不是一直崇拜像您父亲那样的医生吗?如果您的儿子也从事这一行,做一个像他外公一样救死扶伤的医生,不也很好吗?"

听了原一平的这番话,教授夫人沉思了一会儿,但很显然,她已经接受了原一平的观点。

接下来,原一平就和教授夫人一起计算起孩子的学习成绩,对其进行一些理性的分析,看他是否有足够的把握考上医学院。在这个过程中,原一平不断地给教授夫人提供建议,而且还诚恳地告诉她,如果要上医学院的话,投入的资金是相当大的。

教授夫人这时对他的教育保险开始感兴趣了,她主动问道:"那么,你们公司的教育保险能够解决我的问题吗?"

于是,原一平就为教授夫人介绍了教育保险的内容,虽然他在以前拜访的过程中也曾经给教授夫人介绍过同样的内容,但是很显然,这一次,教授夫人真的是在用心地听,而不是敷衍了事。后来,教授夫人为自己的儿子买下了原一平推荐的"五年期教育保险"。

其实,教授夫人一直期盼着自己的儿子能够青出于蓝而胜于蓝,希望孩子将来能够考上医学院,成为一名医生,以证明他的能力不输于自己的父亲,也不输于自己的外公。原一平清楚地看出了这一点,一下子按动了她的"心动钮",不断扩大一个母亲的梦想,让她沿着自己设计好的方向走去,最终,他如愿以偿地拿下了一个大订单。

炼智 原一平善于给客户"把脉",他通过细心观察和"诱导式"提问,使客户袒露了心扉,帮助她打开了心结。此外,他还主动提供一些合理的建议,获得客户的认同,最后,当他把目标引向自己的主题——教育保险的时候,客户反而将之视作圆梦的一步。

悟理 世界上不能没有爱,诸如父母之爱、同胞之爱、家国之爱。爱对于我们来说,就像是空气、阳光和水一样,虽然我们不能时时感觉到它们的存在,但是爱的滋养不可或缺。

爱是世间最宝贵的财产,只有拥有了爱,我们的人生才会变得富有而又幸福,才会一步步走向成功的顶峰。

"销售鬼才"
田中道信的奇招

成功的推销是智慧、谋略与勤奋的结晶,三者缺一不可。日本理光公司的推销员田中道信深谙这个道理,也正是凭借着自己的智谋与努力,他成功地开拓了理光复印机的销路,在业界获得了"销售鬼才"的称号。

1958年,理光公司生产的复印机第一次推向市场。当时,复印机对于大多数人来说还是一个新鲜产物,人们对它的功能并不了解,因此,宁愿继续使用复写纸也不接受这个新产品。怎样才能打开销路呢?初次面世,理光复印机就遭遇了一场攻坚战。

正当理光公司的推销员们都在为如何推销而伤透脑筋的时候,日本政府颁布了一个新政策——民法修正案。民法修正案规定:所有的户籍登记都必须要以家庭为单位。这个时候,谁都没有意识到这会给复印机带来什么机遇,只有一个人看到了其中蕴涵的巨大机会,他就是田中道信。

民法修正案的这条规定,导致政府民政部门的所有户籍卡都要作废,必须重新开始填写。在这之前,户籍卡和居民身份证等文件都是手写的,而且一式多份,需要誊写很多次,这对于民政部门来说,是一项工作量巨大的浩繁工程。因此,民法修正案一颁布,民政部门的公务人员纷纷叫苦连天,连声抱怨。但田中道信却认为这对于理光复印机来说是一次不可多得的商机,他想用复印机来取代传统的手工抄写,从而把理光复印机轰轰烈烈地推向市场。

想要到政府部门去推销,在当时并不是一件易事,事先必须要去进行产品演示。为了能够获得更多的支持者,田中道信在推销前的那段时间里,带着礼物去很多官员家中拜访，对他们给自己演示的机会表示感谢。他的态度不但诚恳而且真挚，这为他赢得了广泛的支持。

演示之后，田中道信并不会表现出迫切希望对方购买的愿望，因为他知道，客户并不会因为推销员的殷勤与渴望就决定购买一件产品，而是要看产品的效果如何，是不是能给他们带来切实的好处。因此，不管对方决定购买与否，是否有购买预算，田中道信都会向他们赠送一台理光复印机，希望他们在工作中进行试用，亲身体会理光复印机的优点。

结果是可想而知的，与繁琐而枯燥的手工劳动相比，复印机操作的便捷、高效是显而易见的。很快，他们就享受到了理光复印机所带来的便利，并且在尝试的过程中逐渐对它产生了依赖感，最后，试着试着就决定大批量购买，并在单位里广泛推广。

在政府部门获得认可之后，田中道信又开始向各个公司推广理光复印机。最开始的时候，每当田中道信说出自己的来意，对方都会想都不想地拒绝道"我们公司用不着这个机器，我们用复写纸就可以了"，或者说"复印机实在是太贵了，会提高我们的成本的"。大多数人眼中都流露出怀疑的目光，他们根本不相信这么一个不起眼的机器竟然能够改善自己的工作。

得到这样的答复之后，田中道信从来不会说"是吗""不是这样的"这种听上去有些手足无措的话，而是以更加热情的态度向他们推荐复印机的使用方法，让客户了解到理光复印机的功能和价值。在企业的事务性工作中，大约有一半以上的工作都需要手工抄写，田中道信对于这一点是了如指掌的，于是他对客户提出有针对性的建议："手工抄写不但很累，而且还十分繁琐，容易出错，如果你们使用理光复印机的话，不但可以摆脱誊抄的辛苦和劳累，而且还可以节省大量的时间，让员工们去做更多有意义的工作，为什么不试一试呢？"

田中道信给公司老板这样一算账，他们就乐于接受理光复印机了，因为它不但能够节省劳动力，而且还可以提高工作效率，何乐而不为呢？

当然，要给客户这种合理而且令其信服的建议，只靠动嘴皮子是远远不够的，还要拿出证据，比如各种数据、资料，才能令客户真正认同。为此，田中道信经常会搜集有关复印机销售、盈利的资料，利用业余时间对这些资料进行分析。比如，某某公司大约在什么时间会有购买需求，对理光复印机的需求量是多少，哪些情况会给理光复印机的销售带来机会等等，然后根据分析结果来安排自己的工作——什么时间去拜访什么客户、什么公司应该列为重点走访对象、走访客户的日程表应该怎么排等，他的工作日程总是满满当当但却井井有条的。

田中道信相信，如果只凭三寸不烂之舌做推销，而不多思考、不做计划，只会与机会擦肩而过，是永远都不可能拥抱成功的。因此，每次推销之前，他都会先动脑，后动嘴。正是靠着自己的智慧，想出了一个又一个的点子和窍门，制定了一个又一个大胆、周密的工作计划，田中道信才获得了一次又一次的推销成功，使理光复印机在市场上所占据的份额越来越大，并因此被同事们称为"理光机先生"。

炼智　田中道信深谙"先调后谋，先谋启动"之道。他之所以能够为理光复印机打开销路，也正是因为他销售前所进行的周密而详细的市场调查，了解客户需求，寻找理光复印机的销售机会，在此之后，再制定相对应的计划，有了充分准备后才开始行动，对客户的每一个拒绝理由他都能找到应对的策略。先谋启动，不打无把握之仗，才能战无不胜，攻无不取。

悟理　机遇是上帝抛给我们的"金苹果"，它能够给"山重水复疑无路"的人带来"柳暗花明"，能让郁郁不得志的人从此"青云直上九重霄"。

世人经常感慨机遇的稀少，其实，它无处不在，然而它却只青睐有准备的头脑。不要以为机会像个到你家里来做客的客人一样，会叩响你的门，等你把它迎接进来。恰恰相反，它无影无形，无声无息，只有智慧、勤勉的人才能使它现身，把它兑现成美好的未来。

戴维·卡帕的"巨型铅笔"

戴维·卡帕是目前世界上最成功的保险推销大师之一，曾经推销过价值一亿美元的单笔保单。

与很多人不同的是，戴维·卡帕认为自己并没有什么独特的推销天赋，他最重视的是推销策略。对于他来说，每一次推销都是一次精神上的较量和智慧历险。只要能够掌握这种推销的诀窍，就能够顺理成章地赢得胜利。

在进入保险业之前，戴维·卡帕从事的是涂料推销，当时，他最希望与之合作的公司是斯蒂文公司，这是一家规模很大的公司，拿下了这家公司的订单，佣金自然不菲。

然而，斯蒂文公司早就有了固定的涂料供应商，那就是新英格兰涂料公司。新英格兰涂料公司拥有斯蒂文公司的部分股权，因此，斯蒂文公司所使用的涂料自然是由新英格兰涂料公司来提供的，但是，因为新英格兰涂料公司生产的涂料无法适应冬天严寒的气候，因此，令斯蒂文公司十分苦恼。恰好戴维·卡帕服务的一家涂料供货商能够提供更为合适的涂料，于是戴维·卡帕就想向斯蒂文公司推荐这种更好的产品。

他先是到斯蒂文公司去拜访老板约翰先生，但是吃了好几次"闭门羹"，秘书总是以"老板正在开会""老板不在"等等理由搪塞他。但戴维·卡帕并不灰心，他还是坚持来拜访约翰先生，最终，约翰先生被他的诚心打动了，与他进行了一次面谈。面谈中，约翰先生表明了自己的态度：他并不想更换涂料供应商，因为他们与新英格兰涂料公司之间的关系是非常紧密的，其他供货商根本无法与之相媲美。

但戴维·卡帕的字典里没有"放弃"这两个字。他依然会每隔两三个星期带着咖啡和甜点来斯蒂文公司找他们的老板约翰先生,他们之间相处得非常愉快,然而,对于买涂料这件事约翰却绝口不提。虽然戴维·卡帕曾经多次告诉他关于这种涂料的优点,还保证会给他最优惠的价格,但约翰似乎一点儿也不放在心上。就这样,时间过去了很久,戴维·卡帕依然如故,从来都没有灰心丧气。

有一天,在去往斯蒂文公司的路上,戴维·卡帕路过了一个垃圾场,看到在垃圾堆里躺着一只大约有四英尺长的巨型铅笔模型,他的心被触动了,于是他将那支巨型铅笔从垃圾堆里清理出来,并且带着它去了斯蒂文公司。

当约翰先生看到那支巨型铅笔的时候,简直大吃一惊。

戴维·卡帕笑着说:"就用这支巨型铅笔来签一下你的涂料采购订单吧!"

约翰被感动了,他知道,这支巨型铅笔代表的是戴维·卡帕永不放弃的精神。于是,他这次没有拒绝戴维·卡帕,而且签下了订单。

1958年,戴维·卡帕进入了保险领域。刚刚踏上自己的保险推销之路的时候,他已经濒临破产的边缘,并且在最初的那段时间里,连续三个月都没有卖出去一份保险。

纽约人寿保险公司是戴维·卡帕心仪的一家公司,也是他的目标之一。当时,他去纽约人寿保险公司面试,第一关是写下100个人的名单,这100个人必须易于接近并且能把保险推销给他们。这对于戴维·卡帕来说并不是什么难事,第二天,他就带着名单来到了公司,并获得了录用,试用期是三个月,如果到期没有完成任务,那就只能走人了。

接下来,公司要求他对名单上的100个人进行推销。他打电话给名单上的人,但是结果并不理想。一部分人已经购买过人寿保险,而另外一部分人根本就不愿意买保险。后来,他开始按照电话本给陌生人打电话,但得到的回答总是令人难堪:

"对不起,我现在不需要保险,以后不要再打电话过来了。"

//// 推销困局的奇趣故事

"我已经购买了一份保险,谢谢!"

"不要跟我推销保险,不要打电话吵我!"

"我父母都不在家。"

"不要。"

这种令人无法接受的情况一直持续了三个月的时间,在这段时间里,戴维·卡帕的销售业绩几乎为零。幸亏在最后两天的时间里他卖出了一份金额很小的保单,才免于被踢开的窘境。

最后一天下午,已经到了最后的时刻了,但是戴维·卡帕还是没能完成自己的任务,这时,他已经快要崩溃了。他慢慢走在回家的路上,想着明天被解雇的悲惨场面,心情糟糕透顶。就在这时,他看到一个人在卡车后面搬梯子,就向着这个人走了过去。

那个人身上穿着破破烂烂的牛仔衣,靴子上沾满了灰尘,看起来非常疲倦。这是一个修理房顶的维修工。

戴维·卡帕向他打了个招呼:"嘿,你今天过得怎么样?"

那个维修工回答道:"太累了。"

戴维·卡帕问道:"修理屋顶这种工作一定要有健康的身体状况吧?不然的话,如果一不小心从屋顶掉落下来怎么办?"

维修工耸耸肩,毫不在意地说:"能有什么办法呢?只能去医院了。"

戴维·卡帕接着问:"如果你出事了的话,那谁来照顾你的妻子和孩子呢?"

维修工顿时沉默了下来。

戴维·卡帕乘机向他介绍,说自己的公司现在有一个专门为维修工人设计的保险计划,在出现意外的情况下,他的妻子和孩子能够得到充分的照顾,而且他还能得到自己应得的工资。那名维修工当然没有令他失望,他买下了这份保险。

第二天,戴维·卡帕带着自己推销出去的第一笔保险订单,走进了纽约人寿保险公司,真正成为这家公司的一员。

炼智 购买人寿保险时人们考虑的因素其实很简单，要么是为了自己的身体健康，要么是为了家人能够得到更好的照顾。戴维·卡帕了解这一点，因此，他能够一针见血地切中要害，直接命中那位维修工人心中的隐忧，最终使他找不到拒绝那份保险的理由。了解才能产生力量。

悟理 世上没有绝望的处境，只有对处境绝望的人。希望与失望总是在不停地对决，如果你能够有勇气用坚定的双手紧握着失望，那么，胜利一定是属于希望的。永远不要说"放弃"，在我们的人生之中，只有一条道路是不能选择的，那就是放弃的路；只有一条道路是不能拒绝的，那就是成长的路。

大器晚成的推销大师

1951年,57岁的齐藤竹之助雄心勃勃地参选参议员,但却不幸以失败告终。为此,他不但搭上了自己的全部身家,还欠下了一笔巨额债务。为了偿还这笔债务,他决定创立一家贸易公司。但是,命运又一次无情地打击了他,由于经营不善,他的公司很快就难以为继。后来,在朋友的劝说之下,他决心关掉公司,投身保险业。1952年,他成为了朝日生命保险公司的一名推销员。

从一开始走上推销这条道路,齐藤竹之助满脑子想的都是"一定要成为日本第一的推销员",所以他丝毫不感到艰苦。但是,当时的朝日生命保险公司一共有两万多名推销员,年近60的他想要从中脱颖而出,又谈何容易?

齐藤竹之助作为推销员签下的第一笔生意来自东邦人造丝公司。这是一家在日本颇具盛名的大公司,实力雄厚,一旦推销成功就是一个大订单。而且东邦人造丝公司的一个叫做佐佐木的部门经理与齐藤竹之助还是旧相识。因此,齐藤竹之助把目标瞄准了这家企业。

齐藤竹之助去拜访佐佐木的时候,先是诚恳地对他说:"我不知道自己选择你们公司作为推销对象是不是有些不自量力,但是,我的确需要这笔订单来开创我的事业,所以我就鼓足勇气来到了这里。更重要的是,我认为人寿保险是一个非常有意义的行业,对个人和社会都是很有益的,我由衷地热爱这个行业并且希望自己能够在这方面有所建树。"

他的这番发自内心的话令佐佐木感动不已,他对齐藤竹之助说:"你大可以放心,作为朋友，我会尽我所能去帮助你。但是，这件事情我无法做主，只有我们的总务部长才有这个权限。我会把你推荐给他，你可以与他面谈，向他介绍相关的事情。"

说完，他就带着齐藤竹之助来到了总务部长的办公室，对他说道："这是我的好朋友齐藤竹之助，他是朝日生命保险公司的推销员，希望能够和你谈一谈，请多多关照。"齐藤竹之助就这样得到了一次与总务部长面谈的机会。

送走佐佐木以后，齐藤竹之助向总务部长认真地介绍了有关保险的情况，总务部长当时并没有做出决定，他温和地对齐藤竹之助说："你们的情况我已经了解了，但是这件事情关系重大，我还要再花点时间考虑一下，稍后会给你答复。"于是，齐藤竹之助告辞离开了。

走出东邦人造丝公司的大门以后，齐藤竹之助心里暗暗高兴，他终于迈出了第一步，而且成功的可能性还是比较大的。这时，一位门卫把他叫住了，问道："老先生，你也是来推销保险的吗？"

齐藤竹之助回答道："是的。"

那位门卫故作神秘地说："你注意到门口停着的那辆劳斯莱斯了吗？"

齐藤竹之助抬头一看，不远处果然停着一辆黑色的劳斯莱斯，他不解地问道："这跟我有什么关系？"

"你知道它的主人是谁吗？是渡边幸吉，你应该知道这个人吧？他可是第一人寿保险公司的金牌推销员。他今天也是来拜访总务部长的，我想十有八九是为了推销保险。所以，你今天看起来运气不是很好啊。"

门卫的这番话就像一盆凉水一样泼向了齐藤竹之助，把他内心刚刚燃起的希望之火给扑灭了。渡边幸吉当时在人寿保险界号称"全日本第一"。而自己刚刚开始从事保险业，怎么可能与他相比呢？望着那辆豪华的劳斯莱斯，齐藤竹之助的心中涌起了一种沉重而又悲壮的情绪。

回家的路上，齐藤竹之助非常沮丧，但是，很快，他的倔劲儿就取代了这种沮丧的心情,他给自己不停地打气:"如果连试都不试就投降,那么,就只能做一个不战而败的懦夫。虽然我是一个新人,可是也未必就不能战胜渡边幸吉!"

他暗自下决心,一定要打赢这场仗。

从此以后,齐藤竹之助开始打起精神,全身心地投入到推销的准备工作中。他希望抢在渡边幸吉前面做好保险计划,从而抢占先机,赢得主动地位。他几乎每天都在废寝忘食地工作,搜集各种各样的资料,不断分析东邦人造丝公司的需求,尽自己最大努力去设计方案。他还一次次地推翻自己的设计,重新完善,经过了反反复复的修改以后,一个令他满意的设计方案终于出炉了。

第二天一大早,齐藤竹之助就带着倾注了自己大量心血和汗水的计划书去拜访东邦人造丝公司。在总务部长的办公室里,齐藤竹之助毕恭毕敬地说:"这是我经过调查分析、反复研究后为贵公司量身打造的一份保险计划,希望您能够看一下。虽然我只是一个刚刚踏入保险业的新人,但是我认为自己并不比任何人差。我希望您能够给我一个机会。"

这之后,齐藤竹之助每天都会去东邦人造丝公司打听自己的保险计划到底怎么样了。去的次数多了,那位门卫都认识他了,还鼓励他说:"就凭你的勇气和努力,也一定能获得成功。"

果然,齐藤竹之助的热诚和责任心打动了总务部长,他亲自打电话过来说道:"齐藤先生,我还从来没见过像你这么勤勉努力的推销员,这段时间我认真研究了你的保险计划,感觉的确比较符合我们公司的情况,因此,通过开会讨论以后,我们决定与你签订一份 2 000 万元的合同。"

齐藤竹之助一听,激动得简直要跳了起来,他的辛苦总算没有白费,他不但战胜了"劳斯莱斯",还战胜了自己。

经过努力,齐藤竹之助只花了五年的时间就成为了朝日生命保险公司的"首席推销员",这一年他已经 62 岁了。

推销困局的奇趣故事

　　1959年7月,是朝日保险公司的成立纪念日,齐藤竹之助全力以赴,第一次实现了1.4亿日元的月销售额。其后,11月又创造了2.8亿日元的新纪录,也是在这一年,他登上日本第一的宝座,成为全日本的首席推销员。

炼智 　与推销界的元老级人物相比,齐藤竹之助没有任何优势,但是他却懂得"抢占先机"之道。打败竞争对手的最好方法就是比他更快、更好,因此,齐藤竹之助投入大量心血与精力,最终射得大订单。

悟道 　"靠坚定信念而焕发斗志,动脑筋,想办法,不断创新,就一定能够获得成功。"这是齐藤竹之助总结出的成功之道。信念的力量是无穷的,有信念才会有未来。

齐藤竹之助的激将法

有一次,齐藤竹之助通过各种途径了解到了日本一家建筑公司的总经理的个人信息,还打听到了他的家庭住址,于是就上门拜访他,想把他发展成为自己的客户。

然而,给他开门的是一位头发花白、面目慈祥的老人家:"请问你找谁?"

"您好,这是竹田建筑公司的总经理佐藤一郎家吗?"齐藤竹之助彬彬有礼地问道。

"你找他有什么事情吗?"那位老人问道。

"我是朝日生命保险公司的推销员,是来找他讨论一下购买保险的事情,请问他现在在家吗?我想和他面谈一下。"

那位老人听了以后,说道:"总经理现在不在家,请你改天再来拜访他吧。"

"您是他的父亲吗?能不能告诉我,他一般什么时候会在家呢?"

"公司里的事务繁忙,什么时候在家可不一定。"

齐藤竹之助还想趁这个机会再问一些关于总经理的个人问题,但那位老人却都以"不太清楚"为由推托了。后来,齐藤竹之助只好告辞了。

过了一段时间以后,齐藤竹之助又来拜访这位总经理,但是,奇怪的是,依然是那位老人来开的门,他一看到齐藤竹之助就非常遗憾地说:"抱歉,总经理今天还是不在家,你的运气真是太糟糕了,我看你不妨再换个时间吧。"

就这样,齐藤竹之助先后来拜访了这位总经理五六次,得到的回答都是"总经理不在家""他刚刚出门""他出差了,这段时间都不会回家了"之类。对此,齐藤竹之助非常恼火,但也无计可施。

一天,齐藤竹之助在去往公司的路上买了一份报纸,打算在吃早餐的时候看一

//// 推销困局的奇趣故事

看。就在这时，报纸上的一个标题吸引了他的视线——《专访著名企业家佐藤一郎》。他迅速地打开一看，发现新闻上还配了一张佐藤一郎的照片，令他惊讶的是，照片上的人赫然就是那个为他开门的老人！原来这就是佐藤一郎，自己竟然把他当成了佐藤一郎的父亲！

一股怒火顿时涌上了齐藤竹之助的心头，他感觉自己被戏弄了。于是，他掉转了方向，往佐藤一郎家走去。他要去兴师问罪，更重要的是，他要拿下这个订单，这一次，佐藤一郎可再也没有"父亲"这个挡箭牌了。

他怒气冲冲地赶到佐藤一郎家，恰好看到那个老人正在楼底下掏水沟。齐藤竹之助慢慢地走了过去，双手抱在胸前，静静地等着他把水沟淘完。那位老人已经看到了他，但是却装作一无所知的样子，继续淘着水沟。齐藤竹之助点燃了一支烟，以此来驱赶自己内心的郁闷。在袅袅升腾的烟雾中，齐藤竹之助的怒气渐渐平息下来。等到他点燃第二支烟的时候，佐藤一郎已经淘完水沟，开始收拾工具准备回家了。

这时，齐藤竹之助往前迈了一步，拦住了他："您好，我是朝日生命保险公司的齐藤竹之助，请问总经理现在在家吗？"

佐藤一郎抬起头来，看了看他，慢悠悠地说道："真是太不巧了，你来之前他刚刚出门，你要是早来几分钟，也许就能看到他了。"

"是这样的吗？"齐藤竹之助冷笑了一声，把报纸打开递到了他面前，说道："我真没想到，您这么一大把年纪了，还是一家知名公司的总经理，撒起谎来竟然能够做到脸不红心不跳！"

佐藤一郎看着那张报纸，什么也没说。齐藤竹之助还觉得不过瘾，又继续戏谑地说道："佐藤先生，要是你买不起保险，完全可以正大光明地告诉我，说你没钱买，那又有什么关系呢？我也不会在你这里浪费这么长时间了，为什么要一而再、再而三地戏弄于我呢？难道你不觉得羞愧吗？还是你是在考验我的耐心，这样做是为了帮我磨炼意志？"

佐藤一郎一听，立刻激动了起来，喊道："什么？你竟然觉得我买不起保险？"

"难道不是这样吗？不然你为什么不能坦诚地拒绝我呢？"齐藤竹之助看了他一

眼,接着说道,"不过,要是我第一天就知道你就是总经理,恐怕我也不会在你身上浪费这么多时间了。要是朝日生命保险公司有你这么瘦弱不堪的客户,恐怕早就已经倒闭了吧。"

"你!"佐藤一郎听了齐藤竹之助的冷嘲热讽,一下子变得暴跳如雷:"你这个小小的推销员,竟然敢这样瞧不起我!难道我连投保的资格都没有吗?我告诉你,我的身体好得很!你现在马上带着我去体检,我一定要向你证明——我完全有资格投保!"

齐藤竹之助看着眼前这个气急败坏的老头,知道他已经跳进了自己设置好的"陷阱"里,心里忍不住一阵窃喜。但是,齐藤竹之助的目的还没有完全达成,这个老头子戏耍了自己这么久,他又怎么会轻易放过他呢!于是,他继续卖起了关子:"别妄想让我为你一个人枉费心机!我已经不再相信你了,要是你们全家和整个公司都投保的话,或许我还会考虑一下!"

佐藤一郎的斗志已经被激发了起来,当然不会轻易认输,他气呼呼地说道:"全家就全家,我们明天就去!"

最后,齐藤竹之助终于如愿以偿,佐藤一郎不但为自己买下了齐藤竹之助的保险,而且还给全家人和公司里的员工也都投了保。通过这件事以后,齐藤竹之助和佐藤一郎还成为了很好的朋友。

炼智 齐藤竹之助在这次推销的过程中成功地使用了激将法。他利用客户的自尊心和逆反心理,话里话外不断地用"买不起"、"身体瘦弱"、"没有投保资格"等令人不堪忍受的语义指向来刺激他,激起了客户的斗志,一步步地走进了齐藤竹之助早就已经为他挖好的"坑"里,最终签下一宗大订单。

悟理 诗人汪国真说:"人能走多远,这话不要问双脚而是要问志向;人能攀多高,这事不是要问双手而要问意志。"人生就像是一场爬山比赛,要想攀登到人生的顶峰,必须要靠坚持的力量。轻言放弃的人是永远不会品尝到成功果实的甘甜,更领略不到路途中的无限风光。

布莱恩·崔西的沉默哲学

在做推销员之前，布莱恩·崔西是一位工程师，工作轻松而且还能得到不菲的报酬，很多人都羡慕他的工作。但是，布莱恩·崔西却并不喜欢这样平淡的生活，他希望挑战自我，使自己得到更大的进步。于是，经过很长时间的思考以后，他决定放弃工程师的舒适工作，改行做一名人寿保险的推销员。

推销员留给大家的印象通常都是喋喋不休、滔滔不绝的，这正是很多人对推销员产生反感情绪的原因。但布莱恩·崔西却从来不会对着客户说个没完，他总是会真诚地倾听客户说话；更多的时候，他一直保持沉默，只在必要的时候才会发表自己的意见。这就是他的沉默哲学。

他的沉默为他带来了辉煌的成就，他不仅成为推销界的佼佼者，而且在后来还开设了许多推销技巧培训课程，他的教学训练课程从1988年开始在美国连续14年创下了最高销售记录。世界首富、微软创始人比尔·盖茨曾经深受他的启迪："布莱恩·崔西不仅教会了我们销售，更重要的是，他教会了我们应该怎样去思考问题。"通用电气的掌门人杰克·韦尔奇也对他赞不绝口："在销售这个领域里，我还从来没有看到过像布莱恩·崔西这样拥有这么丰富的思想的人。"

布莱恩·崔西的沉默哲学在推销的过程中总是屡屡奏效，很少有失手的时候。1959年7月，一位女士给布莱恩·崔西打电话，说要咨询关于保险的一些事情。电话里，那位女士的声音十分低沉，听起来似乎刚刚遭遇了什么不幸的变故。布莱恩·崔西和她约好了在一家咖啡厅里见面详谈。

为了能够更好地做准备，布莱恩·崔西提前15分钟就来到了约好的地点。在那位女士出现之前，布莱恩·崔西一直在思考用什么策略来说服这位女士购买自己的保险。过了十多分钟以后，那位女士终于出现了。她非常消瘦，穿着一身黑色的衣服，眼圈红红的，脸颊有些凹陷，看上去非常委靡不振。

坐下来以后，这位女士对布莱恩·崔西说明了自己的需求——她想为自己的11个孩子购买11项储蓄保险，但她不知道哪家公司的储蓄保险更加划算、后期服务更有保证。这对于当时的布莱恩·崔西来说是一个大单子，他很想说服她购买自己的保险。

犹豫了片刻以后，他轻声问这位女士："虽然我不知道在你的身上究竟发生了什么不幸的事情，但是，如果你愿意说说的话，或许我可以给你一些建议。"

那位女士被布莱恩·崔西的话触动了，她的眼泪顿时涌了出来。接下来，她把自己的一些经历告诉了布莱恩·崔西。原来，她的丈夫在一个月以前遭遇了一场惨烈的车祸，送到医院以后因为抢救无效不幸去世了。丈夫的意外身故令她备受打击，她无法接受丈夫离开她的事实。最初的时候她几乎每天以泪洗面，痛不欲生。但更令她发愁的还是未来的生活。他们一共育有11个孩子，光是这些孩子的生活开销、教育费用就是一笔不小的数目。而这位女士只是一个普通的公司职员，以她一个人的收入养活这么多孩子显而易见是一件非常困难的事情。所幸的是，这么多年来，因为她和丈夫的努力工作，他们攒下了一些钱，因此，她想用这笔钱给孩子们每人买一份保险，这样，即使万一有一天她失去了工作，暂时没有固定收入，孩子们的生活、教育和未来也可以得到一些保障。

在这个过程中，布莱恩·崔西一直没有说话，而是非常专注、耐心地听她说完了自己的遭遇，不时地为她递上纸巾，好让她擦掉眼里的泪水。布莱恩·崔西知道，刚刚经历了重大家庭变故的她，此时此刻并不需要别人的附和、回应，她更需要的是一个倾听者，让她把自己内心的苦楚全部倒出来。但是，尽管布莱恩·崔西一直保持沉默，那位女士却同样能够感受到他的同情、关注，因为他的面部表情一直随着她的话语而变化，他并没有置身事外，也没有敷衍塞责。

这位女士因此而大受感动，她告诉布莱恩·崔西，在此之前，她曾经与其他的一些推销员面谈过，但是那些人不但不关注她的遭遇，反而一直在唠唠叨叨说个不停。他们只对自己的保险感兴趣，却对客户的需求视而不见、听而不闻，这令她非常失望。来之前，她认为布莱恩·崔西也会像他们一样，但是他的沉默却令她感受到了一种深切的关怀。

后来，这位女士最终决定购买布莱恩·崔西的保险。那次，布莱恩·崔西得到的佣金是他以前做工程师的时候所获得的月薪的三倍。

布莱恩·崔西回到公司以后，主管对于他拿下这么大的单子十分惊讶，还专门召开了一个会议，让他来给同事们说说他做成这笔生意用了什么计谋。在此之前，他们都不知道，原来沉默还会有如此大的作用。

炼智 推销员喋喋不休的样子总是令人生厌，但布莱恩·崔西却反其道而行之，以"沉默战术"推销自己的产品。语言的作用虽然是无穷的，但是有的时候，沉默的力量更令人惊奇。布莱恩·崔西的沉默源于他的用心，建立在对客户心理的揣摩、把握的基础之上，所以才会产生"沉默是金"的效果。

悟理 同情心是这个世界上最宝贵的东西，无论何时，悲天悯人的情怀不可丢弃。当不幸降临到他人的头上时，或许你没有足够的能力使他们摆脱困境，但也请伸出援手，给予一些同情、理解和力所能及的帮助。点滴帮助虽然改变不了这个世界，但是却也能令受惠者感受到一丝温暖。送人玫瑰，手有余香，你的善意会让这个世界变得更美好。

最糟糕的失败者
华丽转身

有这样一个人,小的时候因为家境贫寒,从9岁的时候起就开始沿街卖报、给人擦皮鞋,赚取微薄的薪水来补贴家用;16岁的时候,家里再也无法拿出供他读书的学费,无奈之下,他忍痛离开了学校,到一家工厂里做了一名锅炉工,因为工作环境恶劣,染上了严重的气喘病;35岁那年,正是准备攀登人生顶峰的大好年纪,他却再度跌进了失望的深渊——他破产了,负债高达六万美元。身处绝境之时,为了生存,他向朋友求助,得到了一份汽车销售员的工作,当时,没有一个人看好他,谁也不相信,这样一个严重口吃连话都说不利索、背负了一身债务的人能够成功。就连他自己也曾经痛苦地抱怨:"在我人生的前35个年头,我简直就是世界上最糟糕的失败者!"

他就是乔·吉拉德,这位世界营销领域的奇才在15年的汽车推销生涯中总共卖出了13 001辆汽车,平均每天销售六辆汽车。他创造的吉尼斯汽车销售的世界纪录,自1981年创造以来,至今还没有人能够突破他的这项成就,他因此获得了"世界上最伟大的推销员"的称号。

乔·吉拉德的成功并不是凭运气误打误撞得来的。20世纪60年代,在被喻为"汽车城"的全球汽车工业重镇底特律,汽车销售机构遍地都是,仅大型汽车经销处就有40家左右,每家的销售阵容都在三四十人,竞争十分激烈。乔·吉拉德就是其中一员。为了从竞争已经达到白热化的汽车销售市场上闯出自己的一片天地,乔·吉拉德想尽了办法,自创了许多推销方法。

乔·吉拉德没有任何人脉，但他并没有因此而气馁。他有自己的方法，那就是以电话薄作为客户名单来进行客户资源的拓展。他不厌其烦地挨家挨户打电话，只要有人接通了电话，他就会想各种各样的话题来与对方交谈，了解对方的职业、喜好、购车需求等各种细节。

人们通常并不喜欢被打扰，乔·吉拉德吃了很多闭门羹。但他依然坚持不懈，并因此得到了一些收获。

有一次，他在电话薄上随意找了一个号码打过去，电话接通了，传过来的是一个中年妇女的声音。乔·吉拉德热情地说："你好，你是瓦伦斯其夫人吧？我是乔·吉拉德，是雪弗莱汽车公司的销售员，你订购的那部汽车已经到了，我特地通知你。"

"你打错电话了吧？我们没有下过订单！"

"真的吗？"

"是的，我们没有在你们那里买过车。"

尽管这样，乔·吉拉德还是没有打算挂掉电话，"抱歉，可能是我拨错号码了。但是，如果你现在方便的话，我还是想问一句，你们最近有买车的计划吗？"

"不好意思，我要问一下我丈夫是怎么想的。"

接下来，乔·吉拉德在电话里和那位夫人沟通了关于买车的想法并获得了男主人的电话号码。第二天，乔·吉拉德就和瓦伦斯其先生在电话里进行了沟通，恰巧，这位先生早就萌生了买车的想法，只是还没有实施。于是，两个人约好了见面的时间，经过乔·吉拉德的努力，这笔生意最终成交了。

乔·吉拉德不允许自己放过任何一个机会。有的客户用"过半年后才会买车"这个理由来应付他，于是，半年之后，乔·吉拉德再次打来了电话，令客户大吃一惊又感动不已。

名片是乔·吉拉德推销的利器。只要遇到一个人，他立刻会把自己的名片递过去，不管对方是不是他的客户，也不管是在大街上还是在商场里。他经常对别人说："你可以留下这张名片，也可以把它扔到垃圾桶里。但是如果你留下它的话，你就会掌握我的一切——你知道我是谁，我是做什么的，我卖的是什么……当你有需要的时候就可以找我。"

他还有个非常奇怪的习惯，那就是在体育比赛、演唱会等人多热闹的公众场合"扔"名片。在热门球赛的观众席上，乔·吉拉德经常会趁着人们高声欢呼的时候，把名片一大把一大把地往空中抛。他的名片如同天女散花一样从天而降，蔚为壮观，顿时吸引了人们的视线。每当人们要买汽车时，自然而然地就会想起那个漫天抛名片的推销员，想起名片上印着的名字：乔·吉拉德。

只花了三年的时间，乔·吉拉德就在汽车销售界打响了名气，实现了人生的大逆转，从"世界上最糟糕的失败者"摇身一变成为"世界上最伟大的汽车销售员"。

炼智 乔·吉拉德并非天生的推销天才，他的成就来源于他比别人肯动脑、多动脑、善动脑。当他身处绝境之时，依然没有放弃希望，而是想办法来接近成功。最终，他用"广撒网"的计谋在竞争激烈的市场上杀出了一条血路。挨家挨户打电话、逢人就发名片以及在公众场合抛撒名片都是他所采取的战术。在这个过程中，他遭受到的冷遇和拒绝是不计其数的，但是他相信，只要有一个人因此记住了他，成为了他的客户，那么，所有的努力就没有白费。

广撒网，才能多捕鱼，乔·吉拉德始终践行着这一点，他的成功正是由此而来。

悟理 "通往成功的电梯总是不管用的，想要成功，就只能一步一步地往上爬。"这是乔·吉拉德经常挂在嘴边、奉为座右铭的一句话。对于任何一个人来说，成功都是如此。辉煌的成就与令人艳羡的荣耀都来源于日复一日的坚持。那些伟大的人与常人相比，多的只是一份永不言弃的执着、持之以恒的努力。

成功就在离我们不远的地方，当我们也能做到简单的事情重复做、重复的事情坚持做的时候，就会看到它在向我们招手。

借花献客户

有人曾经问被称为"世界上最伟大的推销员"的乔·吉拉德:"吉拉德先生,在你15年的职业生涯中,成功地推销出去了那么多辆汽车,请问到底有什么秘诀?"

乔·吉拉德笑了笑,给他讲了这样一个故事:

有一天,外面下着倾盆大雨,电闪雷鸣之声不绝于耳,乔·吉拉德正在展销大厅里无所事事地坐着,心想:"这么糟糕的天气,应该不会有人来买汽车吧?"就在这时,一个中年妇女走了进来,她看上去大约五十多岁了,衣服已经被雨淋透了,雨珠顺着衣服的下摆往下流,看上去有些狼狈不堪。

乔·吉拉德马上热情地迎了上去,跟她打了个招呼:"太太,你好!请问我能为你做些什么吗?"

那位太太回答道:"我想在这里看看车,打发一会儿时间,可以吗?"

"当然可以!你可以随便转转,如果看好了哪一款,我可以给你介绍介绍。"说完,乔·吉拉德就走到服务台,拿来了一盒纸巾,递给那位太太:"今天的雨实在是太大了。太太,你先擦一擦吧,抱歉,我们这里没有新毛巾,只能让你用纸巾凑合一下了。"

那位太太看到乔·吉拉德如此贴心的服务,非常感动:"谢谢,先生,你实在是太好心了,与我在福特车行遇到的那位推销员简直是天壤之别。"

听到这里,乔·吉拉德马上产生了兴趣:"你刚才还去过福特车行吗?你是想到那里买一辆车吗?"

"是的,"那位太太缓缓地说道,"我的表姐有一辆白色的福特汽车,不仅外观大方,而且乘坐起来特别舒适,我很喜欢。因此,我今天就特意到福特车行去看了一下。但是福特车行的推销员却让我等一小时再过去。我的家离这里有点远,而且外面还下着大雨,所以我就只好先来这边看一下。"

"是的,今天的天气实在是不适合出门。"乔·吉拉德随声附和道,"其实,你完全可以换一天来看车。"

那位太太摇了摇头,继续说道:"今天是我的55岁生日,因此,我想买一辆汽车作为给自己的生日礼物。"

乔·吉拉德一听,立刻真诚地对那位太太表示祝福:"生日快乐,太太!"说完,他请那位太太自己随便在展销大厅里转一转,就出去跟一位秘书交待了一下,然后又折返回来,对她说:"太太,听你这么说,你很喜欢白色的汽车?"

"是的,"那位太太说道,"到底买什么车型我还没有拿定主意,但是一定要是白色的,白色是我最喜欢的颜色。如果你送自己礼物,也一定会挑自己最喜欢的,对吧?"

"那当然!"乔·吉拉德笑着说,"太太,既然你现在有时间,不如让我来给你介绍一下我们这里的一款车吧,它也是白色的,而且非常适合女性。"

那位太太没有拒绝,微笑着点点头。

正当乔·吉拉德为那位太太介绍那款白色汽车的时候,刚出去的那位秘书冒着雨从外面跑了进来,她的手里捧着一大捧娇艳欲滴的玫瑰花。乔·吉拉德接过那捧玫瑰花,那位太太看到了,羡慕地说道:"这一定是你为你的妻子准备的吧?你可真是一个好丈夫,你的妻子一定是个幸福的女人。"

"不,"乔·吉拉德笑了笑,把它送到那位太太面前,对她说道:"尊敬的太太,再次祝你生日快乐,希望你能够天天快乐。"

那位太太怎么也没想到这捧玫瑰花竟然是乔·吉拉德特意为自己准备的,她的眼睛一下子红了起来,眼眶都被泪水微微润湿了:"谢谢你,先生,我真的不知道该怎样表达我的谢意了,我已经好久没有收到别人的礼物了,你给了我一个惊喜。"

还没等乔·吉拉德回答,她又说道:"刚才那位福特车行的推销员一定看到我开了一部老旧的汽车,以为我只是去随便看看,根本买不起新车。我要求他带我去看

//// 推销困局的 奇趣 故事

062

车的时候,他却告诉我他要去收一笔欠款,让我过一个小时再过去,碰巧外面下起了大雨,于是我就到这里来躲一躲,没想到却遇到了你这样一位好心的先生。其实,我只是想要一辆白色的汽车而已,并不一定是福特,只是凑巧我表姐的车是福特罢了。先生,你能再给我介绍一下你们这里其他的白色汽车吗?"

乔·吉拉德当然乐于效劳。最后,这位太太看好了一辆白色雪弗莱的两厢汽车,并且当场就一次性交清了货款。临走的时候,她握着乔·吉拉德的手,向他表示感谢,并且说道:"我的几位朋友也曾经表露过购买新车的意向,如果方便的话,我想介绍她们来这里看一下,吉拉德先生,希望你能够像对待我一样对待她们。我想,她们也会成为你的客户的。"

其实,在整个过程中,乔·吉拉德都没有说过一句劝她放弃福特、购买雪弗莱的话,但是这位太太却因为在这里感受到了尊重和重视,而放弃了原来的打算,选择了乔·吉拉德的汽车。

后来,她的几个朋友果然也找到了乔·吉拉德,并且在他这里购买了好几辆车。感受到了乔·吉拉德的真诚服务以后,她的朋友又为乔·吉拉德带来了更多的朋友。就这样,乔·吉拉德推销出去的汽车就像是滚雪球一样逐渐增多了起来,这也许就是乔·吉拉德能够获得成功的原因。

炼智 乔·吉拉德想客户之所想,为客户提供了贴心的服务,温暖了那位太太因遭受他人的冷遇而有些受伤的心。不仅如此,乔·吉拉德还为那位太太祝贺生日,并送上了一捧美丽的玫瑰花,这一招"抛砖引玉"用得巧妙之极,收获的是那位太太的一个订单还有接踵而来的无数个朋友的订单!

悟理 送人玫瑰,手有余香。试着以一颗宽广的胸怀善待别人吧!只有善待他人,你才能把自己融入到人群之中,获得他人的友谊、信任和支持,只有善待他人,在人生的道路上,才能赢得更多的同行者,一起走向充满希望的未来。

搞定"看门人"

乔·坎多尔弗出生于美国肯塔基州的一个偏僻的小镇,在那里,他度过了自己的少年时代。他的父亲是一位漂洋过海来到美国的移民,为了养家糊口,曾经先后干过各种各样的活儿,卖过报纸、冰激凌和酒,还做过房产生意等等,后来还开了一家小商店。乔·坎多尔弗非常崇拜他的父亲,他经常说:"我的父亲是一位勤劳朴实的人,他经常对我说:'你可以做任何你想做的事情,对于一个人来说,这是再好不过的事情了。'他教会了我很多东西,让我成长为今天这样一个人。对父亲的这些话,我一生都会铭记于心。"乔·坎多尔弗秉承了父亲的优良品质,他坚强、勤奋,又极具进取心。

1958年,乔·坎多尔弗从迈阿密大学毕业了。大学时代的他酷爱棒球运动,并且参加了学校的棒球队,练就了超强的棒球技艺,因此,毕业之后他成为了一名职业棒球运动员。但是第二年,他就告别了这项自己热爱的运动,与妻子一起移居到佛罗里达,转行做了一名数学教师,当时,他每月的薪水仅为二百多美元。

微薄的薪水令他们的生活非常拮据,尤其是1960年他们的第一个孩子出生以后,生活就显得更加捉襟见肘了。虽然他在业余时间还会做些辅导员之类的工作,但是赚来的一些小钱无法从根本上改善生活。

为了改变这种窘迫的状况,给他们的孩子创造更好的生活环境,1960年夏天,乔·坎多尔弗决定改行,去做一名推销员。这时,他想起了大学时期曾经向他出售过保险的一家人寿保险公司,就给这家公司发了简历。通过一个简单的资格测试以后,乔·坎多尔弗成为了这家保险公司的一员。保险公司每月付给他四百多美元,比起他以前的工资来说，收入翻了一番，这令他很满意，但是他必须在未来的三个月里卖出至少十份保险或者赚来十万美元的保险收入。乔·坎多尔弗对此十分头疼，他沮丧地说："我不过是一个数学老师，怎么才能卖出这么多份保险呢？"

但尽管心存忧虑，乔·坎多尔弗还是认认真真地背熟了保险公司发给他的长达22页的保险推销说明书，还与妻子一起把推销保险时要说的每句台词都牢记于心，他的推销之路就从此开始了。

乔·坎多尔弗很有耐心，而且勤奋肯干，在他的努力之下，第一周就创造了将近十万美元的销售额。保险公司对于他的业绩喜出望外，并且与他签订了六个月的代理商合同，还奖励给他18 000美元。从那个时候开始，乔·坎多尔弗就知道自己适合做什么，他找到了一生的事业。

乔·坎多尔弗的推销之道十分简单，那就是搞定"看门人"。所谓的"看门人"，就是公司里的前台、接待员、助理以及秘书等。他们虽然职位卑微，但是却能够决定谁可以走进公司，进入客户的办公室。如果连"看门人"这一关都通不过，那么，推销员就会失去很多原本可以拿下的客户。

因此，在推销的过程中，乔·坎多尔弗并不像一般的推销员那样把主要火力集中于客户，而是以"看门人"为目标。他和"看门人"的联系通常是通过电话，在电话里，乔·坎多尔弗会告诉"看门人"："你好，我是乔·坎多尔弗，约翰·博朗先生建议我给查尔斯先生打电话，请帮我接通。"在说这些话的时候，他总是充满信心，即使是"约翰·博朗先生"并没有给过他这样的建议，他也会尽量表现出说服力，这时，"看门人"往往会信服，并给他把电话接到客户那里去。

但是，有的时候，"看门人"比较难缠，他们常常会用"对不起，总裁现在很忙，没时间接电话"或者"总经理不在"这样的理由来搪塞推销员，把他们拒之门外。这时，乔·坎多尔弗就会开动脑筋，想一个令他们不太好拒绝的理由，比如，告诉"看门人"，他是用长途电话打来的。一般人打来长途电话，往往是因为有重要的事情，因此，"看门人"就会相信他的确有要事要和自己的上司商量，就会帮他接通电话，这样,乔·坎多尔弗就和客户直接对话了。

乔·坎多尔弗发现,"看门人"越难对付,客户就越容易搞定。因为"看门人"已经把自己的许多竞争者赶走了。

在乔·坎多尔弗做推销员的第一年,他获得的保险佣金一共是 35 000 美元,这相当于他做数学教师 12 年的工资收入总和。1976 年,乔·坎多尔弗推销出去的保险额高达十亿美元,他所产生的影响是可想而知的,因为在美国,每年推销一百万的保险金额就已经是相当了不起的一件事情了,"百万美元推销员俱乐部"的加入条件就是年销售额一百万美元,而乔·坎多尔弗的销售额已经大大超过了绝大多数保险公司的年销售总额。他因此成为美国最富有的推销员之一,并被业内推崇为"寿险推销大王"。

炼智 在推销员与客户之间往往还隔着一层关卡,因此,很多时候,推销员必须先把这个环节搞定才能与客户直接交流。乔·坎多尔弗参透了这个道理,他把战胜"看门人"当做是自己的主要目标,这一策略虽然看上去更加费时费力,但得到的效果却是显著的。

悟理 乔·坎多尔弗在谈及自己的成功时说:"我的成功秘诀其实非常简单,为了获得成功,我可以比其他人更努力、吃更多苦,而大多数人都不愿意这样做。"吃苦耐劳的精神,是一个人成就伟大事业的必备条件。在顺境中的成长,就像一颗裹着糖衣的慢性毒药,会消解人们的意志和心智,而吃苦的经历却能让人沉淀出一种力量,让心灵修炼得更加强大、更广阔。

吃苦耐劳的精神永远不会过时。

得自妻子的推销计策

齐格·奇格勒是誉满全球的销售大师，还是名副其实的"人类心灵导师"。他不但成功地把自己的人生经营得丰富多彩，而且还给许多人带来了成功的理念，他的推销理论影响了位于世界各地的无数人的生活。

推销员在推销的过程中，不论推销的是什么产品，也不管产品的定价是多少，总会有人抱怨"太贵了""这个价格太高了""我们承担不起"。很多推销员在遇到这种情况的时候，为了让客户购买自己的产品，会降低价格。但齐格·奇格勒却从来不会，他会用另一种方法来说服顾客——向他们证明此价格是合理的，自己的产品是值那个价的。

齐格·奇格勒的这种推销方法是向他的妻子学习的，在演讲的时候，他曾经多次讲述过他的妻子是如何向他"推销"一套房子的：

1968年，齐格·奇格勒和他的妻子刚刚移居到拉斯维加斯，他们急需购买一套房子。房产经纪人带着他们去看了很多套房子，但是没有一套能让齐格·奇格勒满意。那些房子要么设计得非常不合理，要么就是价格贵得出奇。

不得已之下，他们只好暂时在旅馆住了下来。后来，因为工作十分繁忙，齐格·奇格勒就让他的妻子珍妮自己去看房子。有一天，他回家以后，珍妮认真地问他："亲爱的，如果我们找到了理想的房子，我们最多能花多少钱把它买下来呢？"

在这之前，他们对这个问题已经商量过了，用于买房的钱最多不超过两万美元，这对于当时的他们来说可是一笔不小的数目。

推销困局的奇趣故事

"我们不是已经讨论过了吗,最多只能花两万美元。"齐格·奇格勒回答说。

"亲爱的,我相信我已经找到了那个梦想家园了,它非常符合我们的要求!它有四个房间,有一个很大的后院,你在后院里建一座小型的游泳池都没有问题,你不是一直都很想要一个属于自己的游泳池吗?"

齐格·奇格勒忍不住问道:"它的报价是多少?"

"你看到它的第一眼就会喜欢上那里!车库可以停放两辆车,还有一个能照进阳光的大客厅,卧室都非常宽敞……"

"但是,我想知道,到底要多少钱才能买下它呢?"齐格·奇格勒打断了正陶醉在幻想中的妻子。

"38 000美元。"

"天啊,这比我们能承受的上限还要多18 000美元。"齐格·奇格勒喊了起来。

齐格·奇格勒的妻子一再地劝说他,让他去看看那栋房子。最后,齐格·奇格勒只能同意跟妻子一起去现场考察一下,并且和开发商见一面。

但是,果然如他的妻子所说,他一看到那栋房子,就知道自己已经爱上了它。这栋房子非常棒,他甚至想马上就要把它买下来——但是,众所周知的是,在想要得到和真正得到之间,往往存在着巨大的鸿沟。买下这栋房子,意味着他们要花几乎比预算多一倍的钱。

齐格·奇格勒的妻子兴奋地带着他参观了整栋房子。她首先带着他来到了客厅:"亲爱的,你看,这里的阳光多么充足,你可以坐在沙发上沐浴着阳光休息一会儿,那该多么惬意!"

还没等齐格·奇格勒回答,她又接着说:"这里还有一整面墙的书架,你可以把你的所有书都放在上面,是不是很好?"

走到主卧室的时候,他的妻子仍然充满热情,她激动地说道:"看吧,亲爱的,这个屋子多么宽敞!这里有一个大大的衣橱,我们所有的衣服都可以放在里面!还能放下一张巨大的床!想一想吧,当我们在这里喝咖啡的时候,你的心情会多么愉快!"

她在说这些话的时候,仿佛这里的一切都已经是他们自己的一样。

然后,妻子又带着齐格·奇格勒来到了房子的后院,说道:"以后我们可以在这里盖一座你喜欢的小型游泳池,你可以自由自在地在里面游泳,没有人会打扰你!那边还有一大块空地,你可以在那里建一个你喜欢的办公室,一个带透明露台的办公室!"

当他们结束这趟参观行程后,妻子抓着齐格·奇格勒的手问:"难道这一切不是很完美吗?亲爱的,你认为怎么样?"

齐格·奇格勒的心也早就被这栋漂亮地房子深深打动了,他知道,现在如果自己说任何负面的字眼,那肯定都不是出自自己的真心。

"这里的确很完美,到处都符合我们的心意,但是,亲爱的,你知道的,我们现在还没有能力负担这样一栋房子。"齐格·奇格勒遗憾地说。

齐格·奇格勒的妻子什么也没说,直到第二天早上,她才问道:"亲爱的,我们会在拉斯维加斯呆多久呢?"

"如果可能的话,我想我们的余生都会在这里度过,大约会有30年吧。"当时的齐格·奇格勒已经40岁了。

"那么,18 000美元除以30,是多少?"妻子问道。

"每年600美元。"

"平均到每个月的话,是多少?"妻子又问道。

"一个月大约50美元。"

"那一天呢?"

"一天不到两美元,亲爱的,这又有什么关系呢?"

此时的齐格·奇格勒已经进入了妻子设置好的一个"陷阱"里,而他自己却毫不知晓。

"那么,我可以再问你一个问题吗?"妻子狡黠地说道,"你是愿意每天多花两美元来拥有一个快乐的妻子吗?"

//// 推销困局的奇趣故事

齐格·奇格勒还有其他的选择吗？他最终同意购买那栋房子，虽然比原来他们设想的多花了 18 000 美元——也就是每天多花不到两美元，但是这完全值得。

炼智 要多花一倍的钱去买一栋房子，对于齐格·奇格勒来说几乎相当于要买两栋房子，但是聪明的妻子却对这笔钱进行"层层分解"，只要每天多花不到两美元就可以买到称心如意的房子，何乐而不为呢？推销莫不如此，把大数额分解成小数额，就会令人易于接受。

悟澄 跑马拉松的时候，如果只把目标放在终点，也许很快就会觉得疲累不堪，被遥远的路程吓倒。但是如果把目标分解成为一个个小目标，就会始终充满动力，保持着向目标进发的勇气和力量。其实，无论是生活还是学习莫不如此，大困难化解成小困难，像蚂蚁一样啃掉眼前小骨头，最终拿下大骨头也就指日可待了。

柴田和子的"奔驰话术"

柴田和子出生于日本东京,在她10岁的时候,父亲就不幸去世了。家庭的重担全都落到了柴田和子的母亲肩上。母亲是一位坚强而又有韧性的人,她毫不犹豫地挑起了这个担子。母亲的性格对柴田和子的影响十分大,使她也形成了坚忍不拔、绝不放弃的性格。

由于家庭条件不好,柴田和子读完高中以后就没有继续上学,而是踏入社会,开始了自己的职业生涯。她先是在"三洋商会株式会社"就职,在那里,她认识了自己的丈夫。结婚以后,柴田和子就辞职回家做家庭主妇,照料丈夫和孩子的生活起居。但是他们的生活并不宽裕,一家四口挤在一间租来的小房子里。

1970年,为了改善一家人的生活状况,柴田和子决定继续外出工作。在她的一名朋友的劝说之下,她加入了"第一生命株式会社"新宿分社,成为一名寿险推销员。柴田和子最大的优点是拥有积极的心态,对生活和工作总是很乐观,因此,在接受这份工作的时候,她把它想象成是上天给予自己的一个机会,自己一定要好好利用它。

进入第一生命株式会社后,柴田和子要做的第一件事,就是写出300位认识的人的名单。这是这家公司的一个传统,是每个新入职的员工都要做的一项基本任务。在此之前,柴田和子在家里当了四年的家庭妇女,交际面很窄,认识的人连100位都不到。因此,她根本无法完成这个任务,为了凑数,她甚至连自己已经去世多年的爷爷和未出世的儿子柴田壮一郎的名字都写在了名单里。

但是写出300个人的名字只是第一步,接下来,她还要给这些人打电话,让他们来购买自己公司的保险。为此,她简直伤透了脑筋。她的主管非常认真负责,每天都会问她:"那300人你已经搞定了多少?"无奈之下,柴田和子只好每天给她的客户寄明信片,在明信片上她非常诚恳地写道:"也许你对保险推销员一点儿好感也没有,甚至十分排斥。但是我希望维持这份来之不易的工作,希望您帮帮我。"结果令人意外,最后,在这300人里,她竟然推销出了187份保险。

凭借着乐观积极的工作态度和时时表现出来的聪明才智,柴田和子的销售业绩很快就得到了提高,过了一段时间之后,她甚至还成为了公司里的销售冠军。她之所以能够取得这么出色的成绩,最重要的原因是她能够拿下很多高额保单。同行们都十分好奇她是如何说服那些客户投保高额保险的,其实原因很简单,她创造了一种卓有成效的推销方法——"奔驰话术"。

有一次,她到一家公司拜访这家公司的主管,一番寒暄之后,她问道:

"我想您现在一定有自己的私家车吧?"

"是的。"主管一头雾水,不知道她这样问的用意何在。

"那请问您的车是哪一种类型的呢?"柴田和子又接着问。

"我还在开轻型车呢。"主管有些不好意思地回答。

"有车就是一件非常了不起的事情了!不过,我还是祝愿您能早一点儿开上更好的车。"柴田和子真诚地说:"那您心目中的好车是什么样的呢?您最喜欢什么车?"

主管的眼睛一亮,他兴奋地回答说:"要是我有足够的钱的话,我一定会买奔驰,那是我的梦想。"

伴随着这个话题的深入,两个人之间的谈话氛围越来越好,于是,柴田和子话锋一转,把自己今天来的主题——保险,引入到了他们的话题中:"奔驰车的确不错,质量好,外观也很稳重,非常适合您这样的成功男士。其实,不光买车要买奔驰,买人寿保险也一定要买'奔驰级'的,要保就保最高级的,这不只是您身份的体现,同时也能为您和您的家人提供更贴心的保护。"

主管还是头一次听到这样的说法，兴趣顿时被激发了出来："保险还有'奔驰级'的？你可以具体说说，什么是'奔驰级'的保险？"

"普通保险的保险金额是 1 000 万日元（大约等于 80 万人民币），'奔驰级'的保险金额是一亿日元（大约等于 800 万人民币），要购买'奔驰级'的保险，您只要花五倍于普通保险的钱就可以，但实际得到的保险金额却多了 9 000 万日元，您看，这不是相当于日产与奔驰的差别吗？难道这不是很划算吗？"

柴田和子抬起头来看着那位主管，看出他已经有一丝心动，于是，她又趁热打铁地说："当然，日产也是不错的车，但还不能算是最好的，既然您要买保险，就买最高级的，这样，即使万一出现了什么意外情况，有了'奔驰级'的保险，您和您的家人也能得到最好的保障。"

那位主管被说服了，最后，他改变了主意，改投一亿日元的"奔驰级"保险。

从 1978 年起，柴田和子连续 16 年蝉联日本保险业的销售冠军。1988 年，她取得了世界寿险销售第一的业绩，创造了一项吉尼斯世界纪录，并因此担任年度的"百万圆桌会议"会长。此后，她几乎每年都会刷新自己的纪录。她与西方的保险泰斗班·费德雯一道被称为人寿保险的奇迹，被称为"西有班·费德雯，东有柴田和子。"

炼智 买车要买"奔驰"，买保险又怎能错过"奔驰级"保险呢？通过这样一个巧妙的类比，柴田和子让客户直观地认识到了高额保险的价值。谁不希望自己的生命能够得到更好的保障呢？更何况，这样的保险无形中还符合了自己的身份。柴田和子深谙客户的心理，卖出了无数"奔驰级"保险，也成就了"奔驰级"的推销员。

悟智 有位哲人说得好，"既然现实无法改变，那么只有改变自己。"心态是命运的骑手，你的心态决定了你的人生高度。你怎样对待生活，生活就会怎样回馈你。从现在开始，乐观积极地对待每一天，撑起一片辽阔的蓝天。

把"最好的"卖给顾客

在美国,有一家叫做"基督教商店"的零售店十分出名,这家店的创始人是彭奈,他在美国零售业开创了一种全新的理念,那就是:一个一次订购十万元货物的客户和一个只买了一块钱的色拉酱的客户,虽然花的钱有天壤之别,但他们对店家的期望却都是相同的,那就是希望货物是"货真价实"的。当然,彭奈认为,"货真价实"并不等于"物美价廉",而是什么价钱买什么样的货。

有一次,彭奈在基督教商店里视察,这时,走进来一位顾客,他要买一台打蛋器。店员问道:"先生,请问你要买哪种打蛋器呢?是想要质量好一些的,还是稍微差一点的?"顾客听了以后非常不悦,仿佛受到了极大的侮辱,愤愤不平地说道:"要买当然就要买质量最好的,质量差的东西你会要吗?"

听了他的话以后,店员就转身从货架上拿来了"多佛牌"的打蛋器,那个顾客问道:"这就是你们店里最好的打蛋器吗?"

店员点点头,说:"是的,而且这个牌子的历史非常悠久,经过了无数顾客的检验,大家都非常喜欢用。"

"这个打蛋器多少钱?"顾客问道。

"120美元。"

"这么贵?我听说最好的打蛋器也就几十美元而已,这一款怎么会这么贵?"

"先生,我们店里也有几十美元的打蛋器,但是那不算最好的,恐怕不符合你的要求。"

"可是，那也不会相差这么多啊！"顾客有些不耐烦地说道。

"其实价格相差并不多，我们还有十几美元一个的，你要看一看吗？"

听了店员的话以后，顾客的脸色立刻变得很难看，转身就走。

彭奈见状马上走了过来，拉住那位顾客，对他热情地说："先生，你想买打蛋器是吗？我可以给你介绍一种好产品。"

顾客一听，立即停下了脚步，问道："是什么样的？"

彭奈拿出了另外一种品牌的打蛋器，说道："您看看这种，看起来还不错吧？外观比较大方，性能也不错，用起来也很便利。"

"这个多少钱？"

"54美元。"

"按照刚才你们那个店员的说法，这个不是最好的，我不要。"

"先生，实在是抱歉，刚才那个店员没有说清楚，其实，你也知道，打蛋器是有很多品牌的，每种品牌都有最好的一种，你看，我刚拿出的这一款，就是同品牌中最顶级的一款。"

"那么，它为什么会和'多佛牌'相差这么多钱呢？难道价格不是质量的最好反映吗？"顾客不解地问道。

"价钱差异跟制造成本是有很大关系的。每种品牌的打蛋器构造是不同的，所用的材料也不一样，因此价钱也会不一样。至于'多佛牌'为什么会价格这么高，大概有两个原因，第一，它经营的时间长，积攒了良好的信誉，很多人愿意为这种信誉埋单。第二，它的容量相对于其他牌子来说要大，适合做糕点生意。当然，您只是家用而已，就不必买那么大容量的了。"彭奈耐心地给顾客解释。

"原来是这样的。"顾客的脸色顿时缓和了一些。

彭奈又接着说："其实，这种新牌子有很多人都非常喜欢，比如我自己就是用的这种牌子，它的性能非常好，而且它最大的好处是体积比较小，用起来十分便利，适合像我们这样的家庭用户使用。请问您家里一共有几口人？"

推销困局的奇趣故事

"一共五口人。"

"那实在是再合适不过了。我建议你尝试一下这款机器,它一定不会让你失望的。"

顾客接受了彭奈的建议,拿着那款打蛋器高高兴兴地离开了。

把满意而归的顾客送走以后,彭奈对那名店员说:"你知道今天你错在哪里吗?"

"不知道。"店员愣在柜台前,轻声嗫嚅着。

"你的错误就在于过于强调'最好'这个观念。"彭奈说道。

"但是,"店员有些迷惑,"您经常对我们说,要对顾客诚实,我正是本着诚实的原则才那么说的。"

"这一点你没什么错,只是你缺乏一定的技巧。你看,我成功地把机器推销给了那个顾客,可是我对顾客有什么不诚实的地方吗?"

店员沉默了,不再作声,但是很显然,他并不怎么服气。

"我说那款打蛋器是同品牌里最好的,实际上是这样吗?"

店员点头表示同意。

"那我既没有欺骗顾客,又把机器卖了出去,到底是为什么呢?"

店员想了想,回答道:"是说话的技巧。"

彭奈听了以后,缓缓摇了摇头,说:"你说对了一半,说话技巧只是推销成功的部分因素,更重要的是我对于他的心理十分了解。他一进门就说要买最好的产品,对不对?这说明他是一个具有很强的优越感的人。可是,你一说出价格之后,他觉得这机器太贵了,但是出于自己的优越感,又不好承认是自己舍不得买,于是只能把错推到你头上。很多顾客都有这样的问题。但是,如果你希望做成这次生意,就必须采用更好的方式,在满足他们的优越感的情况下,让他购买一款便宜的而且更适合自己的产品。你看,这不是更好吗?"

听了彭奈的这番话,店员彻底心服口服了。

后来,彭奈在自己的 80 岁自述中,幽默地说:"在别人认为我根本不会做生意的情况下,我却把生意从每年几万美元的营业额增加到十亿美元,这是上帝创造的奇迹吧?"

炼智 说服别人是需要一定的技巧的,彭奈首先摸清了对方的心理,然后以诚相待,帮助客户化解心头的疑惑,才会赢得对方的信任。最重要的是,他既把"真诚"传递给了客户,又用更好的方式把产品推销给了客户,实现了自己与客户的双赢。

悟理 彭奈对待每个顾客都保持真诚的态度。真诚永远都是最为宝贵的,它是去除虚伪的坦诚,是不加掩饰的透明,是抛开面具的率直。

在心中给真诚留个最温暖的位置,用一颗真诚的心去面对纷繁的世界,世界也会因此美好而起来。

如何吃下"大肥肉"

畅销书《美国金牌销售人员的成功秘诀》的作者乔·库尔曼是一位善于引导客户的人寿保险推销员。有一次,纽约的一个制造商想购买人寿保险,金额高达25万美元,而且还有其他数十位大公司老板也同时有意购买。对于这块"大肥肉",乔·库布曼当然是非吃不可。于是,他立刻要求与那位制造商面谈。

与此同时,他还着手制定行动方案。他知道拿下这笔业务并不是一件轻而易举的事,于是,在深思熟虑之后,他决定采用一种比较冒险的方式。于是,乔·库尔曼就给纽约最大的体检中心打了一个电话,请他们为那位制造商安排一次体检。

第二天一早,他按照约好的时间来到了制造商的办公室。

两个人寒暄之后,那位叫做博斯的制造商说:"库尔曼先生,我想你来找我是在浪费时间。"

"为什么这么说?"

"你看,"博斯指着办公桌上堆积如山的文件,说:"昨天我已经把我的寿险计划送到了纽约的多家大保险公司,其中有几家是我的朋友开办的,其中有一个是我的至交好友,我们几乎每周末都在一起休闲。"

"是的,我想您选中的一定是业内知名的大公司。"乔·库尔曼随声附和道。

"现在情况就是这样的。但是如果你还是坚持要向我推销的话,那么,你可以按我的年龄来做一个方案给我。我会对所有的方案进行比较,如果你的方案更适合的话,我会买你的保险。但是,我觉得这是在浪费你我的时间。"博斯直截了当地说。

"博斯先生,假如我是你的兄弟的话,我就会跟你说几句实话。"

"你现在就可以说。"

"我从事保险这一行已经有年头了,如果我是你的兄弟,我就会建议你把那些方案统统都扔掉。"

"为什么?"博斯非常不解。

"让我来——给你解释。我相信你选择的一定是在业内很出色的公司,他们或许也会给你最便宜的价格,那么,你会怎么选择呢?是看哪个更便宜吗?很显然,你并不缺钱,没必要因为钱对自己的身体这么敷衍。那么,看哪家的老板跟你关系更好吗?但你应该知道,关系好也不代表着这家公司就一定好。那么,你会怎么办呢?是闭着眼睛随便选一份,还是花上一段时间千挑万选?无论如何,结果都是一样的。但是我可以帮你做出最后的选择。为此,我想问你几个问题,不知道行不行?"

"行!你问吧。"博斯显然有点被打动了。

"你健在的时候,那些保险可以让你信任,但是在你离世以后,你的公司还会继续信任他们吗?你看是不是这样?"乔·库布曼问道。

博斯点点头,表示赞同:"不错,是这样的。"

"那么,你要做的最要紧的事,就是把风险转移到保险公司那一方。比如,当你半夜醒来,发现你的某个仓库的火险已经到期了,这时你还能安然入睡吗?第二天你一定会立刻打电话给保险经纪人,让他为你续单继续保护你的仓库。你的人身安全当然比仓库更加重要。当你为自己购买保险的时候,你不觉得应该把风险降到最低吗?"

博斯想了一会儿,说道:"这我倒没想过,但可能性确实很大。"

"如果你突然离世,但却没有买保险,那么是不是会使你损失很大,同时,你的生意也会受到损害,是这样吗?"

博斯犹豫地说:"应该不会这么巧吧。"

"世事难料,所以我们才应该早做准备,越早越好。"乔·库布曼说道,"今天早上,我已经为你约好了卡克·雷勒医生,他在纽约是位很有名的医生,他的体检证明每个保险公司都承认。你要购买25万美元的保单,怎么能不找他来做个体检证明呢?他的设备又齐全又先进,您大可以放心。"

"这样的体检,别的保险公司难道就做不了吗?"博斯怀疑地问道。

"但是今天上午他们肯定是做不了了。博斯先生,这次体检很重要。想象一下吧,要是你现在给那些保险公司打电话,他们下午就可以给你安排体检。首先,他们会随便找一个普通医生为你体检,那医生甚至有可能就是他们的朋友。检查结果当晚就可以得出,但主管医生第二天早上发现他要冒25万美元的风险的时候,一定不会这么草率,肯定会给你安排第二次体检。这样的话,时间就会被无限拖延。这对于你来说,难道是一件乐于见到的事情吗?"

"哦,那我再考虑一下。"

乔·库布曼趁热打铁,说:"我们来想象一下吧,假如明天早上你突然觉得有些不舒服,并因此躺倒了。当你恢复健康以后,再去体检的时候,保险公司可能会说,考虑到你的身体状况,必须附加一个要求,那就是再对你进行几个月的观察,以便判断你的身体是真正恢复了。可想而知,时间就这么被浪费了,那会让你耽误多少事情呢?"

"是的。"

"博斯先生,现在已经11点多了,如果我们现在动身的话,还能赶到卡克·雷勒医生那里。你现在看上去身体状况不错,要是体检也没什么问题,体检结果出来以后,你的保险很快就能生效,你觉得如何?"

"确实应该如此!"博斯终于想通了,"库尔曼先生,我决定购买你的保险!"

说完,博斯就跟着乔·库布曼去体检了,当然,体检十分顺利。后来,乔·库布曼与博斯先生成了非常好的朋友。

炼智 "先发制人"是三十六计中的一计,指的是先采取行动的注注处于主动地位,便于制伏对方。乔·库布曼所用的正是这一计,争取主动,先下手为强,等到其他保险公司发现以后,他早已经把订单拿到手了。

悟理 成功源自比别人好一点,先行一步。

不管是什么事情,一定要主动争取,并且要为自己的行为承担责任。没有人能够保证你一定会成功,只有你自己;没有人能够阻挠你奔跑在成功的路上,只有你自己。从现在开始,从小事做起,以积极主动的心态,激发自己的潜能,你就会发现,原来成功并不是遥不可及的。

四百美元与六千八百美元

齐格是美国的一位推销员,他的思维十分活跃,富有创新精神,而且总是能够在十万火急的时候找到解决方法,因此被同行们称为"点子大王"。

有一段时间,齐格推销的产品是一种新型烹调设备。这种新型烹调设备的价格是400美元,对于当时的人们来说,这个价格简直是天价,因此,购买的人寥寥无几。

正当苦于产品无人问津的时候,齐格得知邻近的一个镇子要举行一次大型集会,这可是一个千载难逢的好机会!于是,齐格带着自己的新型烹调设备来到了集会现场。集会上人山人海,有各种各样的新奇玩意。看到此情此景,齐格顿时信心满满,他想,自己的烹调设备肯定会吸引人们的视线。

他找了一个最热闹的地方,把自己的烹调设备摆了出来,一边兴高采烈地大声吆喝着吸引人们的注意,一边开始用新型烹调设备娴熟地演示着制作食品的过程。过了不一会儿,那些在集会上闲逛的人们就纷纷围了过来,把他的摊位围了个水泄不通。大家从来没见过这种烹调设备,于是都十分好奇地打量着这个东西,并且你一言我一语地议论起来。尤其是那些家庭主妇们,更是惊叹不已。

的确,对于这些生活在小镇上的人们来说,这种烹调设备的确是个新事物。当时,人们使用的大多是老式的烹调设备,不但非常笨重,而且要消耗大量的燃料,有的时候还会把家里弄得乌烟瘴气的。而齐格展示的这种新型烹调设备不但小巧、精致、实用,还有一个最大的优点,那就是节省能源。齐格一边给大家演示着这种现代化的新型烹调设备,一边向他们介绍它是如何节省燃料的。他的精彩演示让大家大开眼界,更令人们欣喜的是,他还把刚刚烹调好的散发着香味的食品一一分发给围观的人们,请他们免费品尝这些美味的食物。

人们一边津津有味地吃着这些可口的食品,一边对这种新型烹调设备赞不绝口。就在这时,一个声音在人群中响了起来:"这食品味道真是好极了!不过,伙计,作为一个好心人,我劝你还是早点收摊回家吧,你这烹调设备再先进,在这里也卖不出去一套的。你想,谁会花400块钱来买一套锅呢?那简直是疯了!一套锅竟然能卖这么贵,真是天大的笑话!"

他的话音还没落,周围的人们就大笑了起来。

齐格抬起头来,看到说话的人原来是当地的一位"名人"。这个人是出了名的"守财奴",他比巴尔扎克小说里的"吝啬鬼"葛朗台还要抠门,人们都称他为"铁公鸡",他只知道把钱牢牢地攥在自己手里,却从来不舍得花钱。即使买一块洗脸用的肥皂,他也要比来比去,挑最便宜的买。花掉一分钱,对于他来说,就像是割掉自己身上的一块肉一样心疼。在他看来,花400块钱的"巨款"买一套烹调设备,那真是一件难以想象的事情。

齐格深知"知己知彼,百战不殆"的道理,他清楚,只要能够抓住对方的弱点,就能想办法搞定他。他从口袋里掏出了一美元纸币,一边不动声色地看着他,一边当着他的面把钱撕碎了,然后若无其事地把碎屑扔到了一边。那个守财奴看到他这么做,立刻惊呼了起来:"好好的钱竟然就这么撕掉了!这人是个疯子!"

齐格问道:"难道你很心疼吗?"

守财奴装作毫不在意地回答道:"我怎么会心疼呢?你撕的是你的钱,又不是我的钱。如果你愿意的话,就尽管撕吧,就算把你口袋里的钱都撕掉我也不会心疼的。"

看到守财奴故作镇定的样子,齐格笑了起来,说道:"你错了!我撕的不是我的钱,而是你的钱!"

齐格的这番话不但让守财奴大吃一惊,就连围在一边的人们也都惊异不已。守财奴问道:"我的钱好好地在我的口袋里躺着,撕的怎么会是我的钱呢?"

齐格乘机给他分析了起来,问道:"你结婚多少年了?"

守财奴回答说:"差不多有23年了。"

齐格接着说:"我们就按20年来算吧。一年有365天,按360天计算,使用这个现代化烹调设备烧煮食物,假设一天能为你节省燃料费用一美元,360天就能节省360美元。换句话说,在过去的20年里,因为你没有使用这种烹调设备,你白白浪费了7 200美元,这不就等于白白撕掉了7 200美元吗?你自己算算账,买这种烹调设备只需要400美元,但这400美元却能为你节省6 800美元,到底是买划算,还是不买划算呢?"

守财奴的脸色一下子变了,开始打起算盘来。

接着,齐格盯着守财奴的眼睛,一字一句地说:"在今后的20年里,难道你还要继续再撕掉7 200美元吗?"

守财奴马上回答说:"当然不了!我要买一套你的烹调设备!"

人们一看连"铁公鸡"都主动拔毛了,自己还等什么呢?很快,在齐格的摊位旁边就围满了举着钱抢购新型烹调设备的人们,齐格的产品很快就销售一空了。

炼智 对顾客提出的问题,齐格并没有正面回答,而是采取了"避实就虚,侧面回应"的策略。他抓住了"守财奴"的心理,道出了省钱这笔经济账,最终带动了周围的顾客群。

悟理 商机无处不在,但它只会悄悄地掠过每个人的身旁,就看你是否能够感觉到它,把握住它。机会乍现之时,该果断就要果断,该坚定就得坚定。只要你善于捕捉机会,就一定会尽享成功的欢悦。

赞美的魔力

比尔·崔西是美国的一名非常优秀的推销员，他推销的产品是图书。他曾经说过这样一句话："我能够让任何人来我这里购买图书。"这并非他的夸夸其谈之辞，而是因为他有自己独特的推销秘诀。

有一次，他到一个居民楼里去推销图书，一个气质动人的女士来给他开门。比尔·崔西诚恳地向她介绍自己，谁知道，那位女士刚开门的时候还很和蔼，但是听说他是一名图书推销员以后，脸上的表情立刻发生了巨大的变化，变得十分阴沉，并且毫不留情地说道："对不起，我们家里不欢迎推销员，请你不要白费功夫了。你们这些推销员只会说些奉承、恭维别人的话，什么好听就说什么，从你们嘴里根本听不到一句真话。不过，我奉劝你别浪费时间，更不要对我说那些鬼话，这对我根本不起作用。"

面对这样的冷嘲热讽，一般人恐怕早就发起火来了，但比尔·崔西却始终心平气和，不但没有动怒，而且还笑着对那位女士说："是这样的，我非常赞成你的看法。我必须得承认，推销员总是会说些动听的话，有的时候还会夸大其词，让人听得头脑昏沉。这是我们的职业所需，不然谁会购买我们的产品呢？不过，不得不说的是，像你这样冷静的客户我还是头一次遇到，我一看就知道你是一位非常有主见的人。"

听了比尔·崔西的一席话，那位女士的脸色逐渐缓和了起来，开始由阴转晴，对待比尔·崔西的态度也有了转变。她不再冷漠地对比尔·崔西下"逐客令"，而是认真地问了比尔·崔西很多问题，对此，比尔·崔西也都耐心地一一做了回答。在这个过程中,比尔·崔西还没有忘记适时赞美那位女士:"你真是让我惊叹!我刚看到你的时候,只以为你是一个气质动人、美丽大方的人,但没想到的是,你所说的话更令我惊喜。你敏锐的头脑、独特的思维、广博的知识都令我佩服不已。上帝竟然这么青睐于你,给了你这么多优点!我希望你不要把这当成是推销员的'鬼话连篇',因为这是我发自肺腑的真心话。"

那位女士听了以后,顿时眉开眼笑,心情变得愉悦了起来。接下来,她非常爽快地买了一套图书。不仅如此,这位女士还留下了比尔·崔西的电话,每当她有购书需要的时候,就会打电话给比尔·崔西,她总共在比尔·崔西那里买了几十套图书,成了他的固定客户,给他带来了不菲的收入。

作为推销员,受到冷遇几乎是家常便饭。还有一次,比尔·崔西到一家公司的办公楼里推销图书,办公室的员工们都十分感兴趣,选购了很多图书,正要结账的时候,从外面走进来一个人,看到比尔·崔西手里拿着的书以后,大声嚷嚷道:"像这种乱七八糟的书到处都是,一点儿价值都没有,而且随便到哪里都可以买到,为什么要买它们?"

这时,整个办公室的人都看向比尔·崔西,甚至有的人已经开始犹豫到底要不要买这些书。比尔·崔西转过身去,看着那个突然跑进来"搅局"的人正要说话,那个人就说了一句:"你千万不要向我推销书,我什么书都不需要,一本也不需要。"

"先生,你说得非常正确,像你这样的一个先生,怎么会买这些书呢?我想大家都能看出,你一定读过很多书,具有很好的文化素质。如果你有弟弟或者妹妹,他们一定会以你为骄傲的,一定会对你尊重有加。"比尔·崔西慢条斯理、不卑不亢地说。

"哦?你是怎么知道我有弟弟妹妹呢?"那个人对比尔·崔西的话产生了一丝兴趣。

"这很简单!"比尔·崔西回答说:"当我第一眼看到你的时候,我就由衷地感觉到在你的身上有一种大哥的风范,我想,要是谁有你这样的一个哥哥,那一定是一件非常幸运的事情!"

"你真是过奖了,哥哥保护弟弟妹妹们是天经地义的事情,我也经常希望我能做个好哥哥。"接着,那个人不好意思地说道:"对不起,我一开始还以为你和其他推销员一样,是来卖那种地摊上摆着一大摞的垃圾书的。在你之前,我们办公室曾经来过几个推销这种书的推销员,都被我骂了出去。所以我的态度不太友好,请你理解。但通过和你交谈,我发现你和他们不一样,来,把你的书拿过来,我来看看都有什么好书。"

说完,他就开始仔细地翻看比尔·崔西带来的图书,还招呼办公室里的同事一起来看。后来,为了支持比尔·崔西的工作,他为自己的弟弟妹妹选购了几套图书。

比尔·崔西的很多客户都是被他用这样的方式"俘获"的,他总是非常真诚地赞美别人,而不是一味地、不顾客户感受地推销自己的图书。随着比尔·崔西推销经验越来越丰富,他渐渐总结出了一条定律,那就是:人人都爱被赞美,只有不会赞美别人的人,没有不喜欢被赞美的人。

炼智 赞美就是比尔·崔西最大的法宝,有了它,比尔·崔西无往不胜,很多客户都是被这些赞美的语言打动了心扉。推销员每天都会和各种各样的客户打交道,因此,善于使用"赞美"这个零成本、高收入的办法,这样才能赢得更多客户的心,从而把自己的产品与目标客户联在一起。

悟理 赞美是世界上最美妙动听的语言,是人际交注的润滑剂。

善于发现别人的优点,并真诚地赞美,常常令令对方心生愉悦,使沟通交流氤氲在温馨和谐的氛围里。不仅如此,送人玫瑰,手有余香,赞美他人还会给自己带来意想不到的快乐。

辛勤耕耘之后

尾志忠史是日本著名的推销大师,他的工作是上门推销百科全书。有一次,他的同事垂头丧气地回到公司,一见到他就连连抱怨:"我遇到了一块最难啃的骨头,每次我到他的家里去拜访,他都会对我横眉竖眼,要求我赶紧离开那里,今天甚至还要报警,说我打扰了他的工作。"

被拒绝是每个推销员的"必修课",通常人们对上门来推销的人都不会十分友善,所以,尾志忠史对这位同事的遭遇早就习以为常了。可是,出人意料的是,那位同事话音刚落,周围的一些同事立刻围拢了过来,纷纷附和他。原来,他们也都曾经向这位客户推销过百科全书,但无一例外地遭遇了失败,有的甚至还屡屡吃了"闭门羹"。

"真的有这么难搞定的客户吗?"听着同事们此起彼伏的抱怨声,尾志忠史心想。看到那位同事愁眉苦脸的样子,他安慰道:"这块'骨头'就交给我来啃吧,我一定尽全力帮你把他拿下。"

同事一听,立刻喜出望外,接着就把这位客户的基本情况对尾志忠史进行了简单介绍。原来,这位客户是一名外科医生,脾气之坏简直无人能及,不仅十分固执,而且还非常严苛,同事、病人没有不害怕他的。而且他十分讨厌推销这个行业,每当推销员上门的时候,他要么闭门不见,要么就大声斥责,让他们下不来台。久而久之,推销员们都把他当成是最难搞定的一座"堡垒"。

尾志忠史却偏偏不信邪,外科医生对推销员的偏见反而激发起了他的推销热情,他决定亲自去会会他。

应该采取什么战术才能打动这位坏脾气的客户呢?为此,尾志忠史绞尽脑汁。后来,他了解到,这位外科医生虽然脾气差、性格暴躁,但却是一个出了名的大孝子。在他很小的时候父亲就不幸去世了,是他母亲一个人辛辛苦苦地把他养大,供他读书,让他有了一份非常体面的工作。而且因为他,母亲一直没有再嫁。因此,他长大成人以后,对母亲十分孝顺,竭尽所能报答母亲的养育之恩。

得知这个信息之后,尾志忠史眉头一转,计上心来。他了解到这位外科医生的母亲现在正经营一家小小的澡堂,于是就三番五次地光顾这家澡堂。来得次数多了,跟外科医生的母亲自然就熟悉起来。他经常趁着澡堂生意空闲的时候来跟那位母亲聊天,并且有意无意地谈到她的儿子。天底下任何一位母亲都有一颗拳拳爱子之心,只要有人称赞她的儿子,她就会无比自豪,话匣子由此便打开了。那位母亲显然也不例外,她对尾志忠史说了很多有关自己儿子的事情,比如,他对蕨类植物非常感兴趣,业余时间几乎都投入到了蕨类植物的研究中。

在对外科医生进行了充分的了解以后,尾志忠史觉得已经到了上门拜访他的时候了。他满怀信心地去敲门,但迎接他的却是外科医生冰冷的脸。一看到他,外科医生毫不客气地说:"你也是一名令人生厌的推销员吗?对不起,这里拒绝任何推销。"

尽管如此,尾志忠史还是热情地说明了自己的身份,谁知道,外科医生一听说他是百科全书的推销员后,就激动了起来:"又是来推销百科全书的!请你离开这里,并且转告你的同事们,我不需要百科全书,以后不要再来敲我的门了!"说着,就要把门关上。但尾志忠史早就做好了准备,他不动声色地说:"我已经在你母亲那里听了很多关于你的事情,对你的了解几乎就像对我的朋友一样清楚,我想我应该有资格与你谈谈吧,请你一定相信,我与别人不一样。"

外科医生听了他的这句话,立刻对他产生了一丝好感,于是,不仅改变了刚才所表现出来的那种冷漠的态度,还邀请他进门来和自己一起喝杯茶。落座以后,外科医生主动和尾志忠史交谈起来。由于尾志忠史已经对外科医生的兴趣、喜好了如

//// 推销困局的奇趣故事

指掌,因此,两个人在很多话题上都有共同语言,非常聊得来。在这个过程中,外科医生对尾志忠史越来越有好感,还把他当成是难得一觅的知音。最后,竟然一扫以往对推销员所持的反感情绪,同意他把所推销的产品拿出来看看。

尾志忠史知道自己已经成功了一半,于是,他从背包里把百科全书拿出来,给外科医生进行介绍。为了吸引他的注意力,尾志忠史还特意把百科全书翻到了介绍蕨类植物的那一页。

果然,外科医生一看到"蕨类植物"的词条以后,就表现出了极为浓厚的兴趣。他认真翻看着百科全书,甚至都不需要尾志忠史再做什么讲解,就决定买下一套。

这么有计划、持之以恒的辛勤耕耘自然为尾志忠史带来了一笔不菲的订单。那位外科医生不但自己买下了一套百科全书,而且还尽心尽力地以自己的亲身经历向他的朋友、亲人介绍尾志忠史,给他带来了源源不断的订单。同事们听说他竟然把这位外科医生变成了百科全书的忠实客户,也纷纷对他敬佩不已。

炼智 当正面进攻存在一定难度的时候,不妨采取迂回到侧面或者后方的战术。对于外科医生这样难啃的"骨头",直接向他推销只会引起他的反感,而通过与他母亲交流的方式获得有利的信息,敲开推销之门。尽管两点之间直线其距离是最短的,但有的时候,曲线轨迹反而会更快捷地达成目标。

悟理 只有在春天播洒了辛勤的汗水,才能在秋天收获累累的硕果。在人生道路上,我们要以"勤"字为先。"闻鸡起舞早耕耘,天道酬勤有志人。"机遇和灵感只会光顾有准备的头脑,只肯青睐于孜孜以求的勤勉者。

撬动不买保险的人

弗兰克·贝格是美国信实人寿保险公司的一名推销员。有一次,他在和朋友聊天的时候,无意中说起费城最大的杂货批发商约恩·斯克特先生,朋友漫不经心地说:"从几年前开始,这个固执的老头就不再买保险了。像他这样的富人,不买保险还真是少见。"

"为什么呢?"弗兰克·贝格惊奇地问。

"我也不知道为什么,不过我想你可以去问问斯克特先生为什么不买保险。"那位朋友耸耸肩,跟他开了一个小玩笑。

说者无心,听者有意。弗兰克·贝格想:"既然如此,那么斯克特先生现在肯定没有保险,如果我去向他推销的话,说不定能够成功。"他认为这对于他来说是一个好机会。

于是他决定去拜访约恩·斯克特先生,就像朋友所开的那个玩笑一样,"去问问斯克特先生为什么不买保险"。但是,因为他没有约恩·斯克特先生的联系方式,所以也无法预约。而这些大公司的老板通常都十分繁忙,如果没有预约的话是很难见到他们的。但弗兰克·贝格还是想去碰碰运气,于是,怀着这样的心态他走进了约恩·斯克特的公司。

刚进门,他就被一个秘书拦住了:"请问你找谁?"

"你好,我找斯克特先生。"

"你和他已经约好了吗?斯克特先生今天很忙,恐怕没时间见你。"

他如实回答道:"我没有预约,但我是来给斯克特先生送一份重要文件的。这是斯克特先生写信来向我们公司索取的,所以我今天把它送了过来。"

"非常抱歉,在你之前已经有三个人在等他了。"

就在这时,约恩·斯克特先生从他们身边经过,但他并没有注意到弗兰克·贝格,而是直接走进了不远处的一间办公室。

"斯克特先生!"弗兰克·贝格立即跟了过去,对他说道:"你好,我们公司收到了你的来信,我今天把你需要的资料送过来了。能给我一点时间让我为你介绍一下吗?"

"你是不是弄错了?我要的并不是这种资料,而是一种印有客户名字的笔记本,你们公司来信说要送给我一个。"

"对,我知道,是这个。"弗兰克·贝格把压在资料底下的笔记本拿出来递给约恩·斯克特,"这种笔记本是不公开发售的,但我们会把它送给重要客户,使我们能够有机会向他们讲一讲保险对于我们的生活是多么重要。"

"如果你是要跟我讲保险,那么很抱歉,我的时间很宝贵,而且我现在很忙,不想把如此稀缺的时间浪费在这些无意义的事情上。我今年已经六十多岁了,从几年前我就开始不再购买保险了。而且我也不需要给我的儿女买保险,他们已经长大成人,我相信如果他们愿意的话,他们有足够的钱来为自己买一份保险。现在我和我太太以及一个女儿一起生活,假如我遇到什么不幸的变故的话,我想我现有的资产也足够让她们在我去世之后过上衣食无忧的生活。"

虽然约恩·斯克特已经把话说到这个程度了,但弗兰克·贝格依然没有死心,他不依不饶地继续说道:"那么,斯克特先生,请允许我问一句,像你这样成功的人,除了事业和家庭,一定还会有其他的一些兴趣或者爱好吧?比如对医院、学校或者其他的一些慈善机构的捐助,或者你还有可能已经成立了基金会。那么,你有没有想过,如果你不幸离世之后,它们还能不能继续保持正常运转呢?"

听了他的话,约恩·斯克特并没有反驳,也没有否定,而是沉默了起来。弗兰克·贝格意识到自己一定是切中了要害,于是就继续说道:"斯克特先生,我要向你说一点,假如你购买了我们公司的人寿保险,即使你百年以后,你的慈善事业也不会停止运转,还会像你健在的时候一样持续下去。而且,七年之后,如果你还健康地生活在这个世界上，那么你每月都能够得到一张 5 000 美元的支票。我知道你很富有，这笔钱对于你来说不过是沧海一粟，但是把它用做你的慈善事业不是锦上添花的一件事情吗？"

听到弗兰克·贝格这么一说，约恩·斯克特的眼睛里立刻散发出了光彩，他笑着说："的确如此，我一直在尽自己所能地资助着福利院的三名可怜的孤儿。做这件事令我觉得十分快乐，而且也非常有意义。你刚才说，如果我买了贵公司的保险，那么，在我去世以后，我资助的这几名孤儿还是能得到持续的资助，的确如此吗？"

"千真万确，斯克特先生。"弗兰克·贝格肯定地点点头。

"你是对的，那么，请你帮我算一算，如果我购买这份保险的话，一共需要花多少钱？"

"只需要 6 672 美元，斯克特先生。"

"好的，那么，请你跟我到办公室里来，详细地把这份保险的情况给我介绍一下，我想了解得更多一些。"

后来，约恩·斯克特先生毫不犹豫地购买了弗兰克·贝格的保险，这是弗兰克·贝格所在公司推销出的有史以来的最大的一笔保险。

炼智 最初，当弗兰克·贝格想向约恩·斯克特推销人寿保险的时候，约恩·斯克特的拒绝理由确实是合乎情理的。一般情况下，推销员对于这样的拒绝是无以应对的，但弗兰克·贝格却不同。他机智地用追问的策略来打探对方的其他需求，等到他发现自己切中要害以后，就开始逐个击破，最终用迂回战术撬动了约恩·斯克特这个堡垒。

悟理 约恩·斯克特的爱心令人感动。其实，生命的意义就在于设身处地地为他人着想，忧他人之忧，乐他人之乐。爱是美德的种子，是宽容的别名。爱能够把伟大的灵魂变得更加伟大，爱的光辉不但能够照射到被施予爱的人，而且也辉映着付出爱的人。

我们所生活的这个世界，就是以爱作为养料的。爱能够浇灌出美丽的花朵，爱之花开放的地方，生命就能够欣欣向荣。

先买鸡蛋,再卖电器

电器推销员杰克·尼尔克森来到了一所看上去非常整洁的农舍前敲门,想向他们推销自己的电器。听到敲门声以后,一位老太太打开了房门,杰克·尼尔克森微笑着对他说:"你好,我是美洲电器有限公司的推销员,我叫……"

还没等他把话说完,那位老太太就一言不发地把门关上了,"砰"地一声巨响,把杰克·尼尔克森吓了一大跳。

他苦笑了一下,又接着敲门。这一次,过了很长时间以后,那位老太太才来开门。还没等杰克·尼尔克森说话,老太太就毫不留情地对他说道:"推销员先生,我们家不需要任何电器,请你马上从这里离开!不要再敲我们家的门了,不然,我就对你不客气了!"

听了老太太的这番声色俱厉的话,杰克·尼尔克森觉得非常尴尬,但是他并不想因此而放弃。他心平气和地对那位老太太说道:"太太,我想你一定是误会了,虽然我是一名推销员,但是我这次拜访你并不是来向你推销东西的,而是恰好路过这里,想向你买一些鸡蛋。"

那位老太太一听,脸上的表情开始缓和了一些,态度也不再那么冷漠了,问道:"鸡蛋?你怎么知道我家里有鸡蛋?"

杰克·尼尔克森解释道:"刚才我从你家院子外面走过的时候,透过篱笆的缝隙看到那里面养着一群鸡,我一下子被它们吸引了过来。"

"是这样的,"那位老太太一听,高兴地笑了起来,"那些鸡可是我的宝贝。"

杰克·尼尔克森看到她如此在乎自己的鸡,顿时灵光一闪,找到了这次推销的突破口:"我非常好奇,你是怎么把这些鸡养得这么好的?它们的羽毛那么柔顺,色泽那么鲜亮,看上去非常健康。"

听到杰克·尼尔克森对自己的鸡赞不绝口,那位老太太更加高兴了起来,兴奋地给他讲起了自己的养鸡方法。

杰克·尼尔克森连连附和,又接着问道:"这些鸡是什么品种?是多明尼克种鸡吗?"

老太太惊讶地看了杰克·尼尔克森一眼,说道:"你怎么知道这是多明尼克种鸡?像你这样的年轻人,认识这种鸡的人可真是不多了。"

杰克·尼尔克森知道老太太已经对自己产生了一些好感,说道:"我的母亲也喜欢养鸡,她像您一样,在院子里养了很多只多明尼克种鸡,所以我一看到它们就认了出来。可是像您养得这么好的鸡,我还是头一次见到过呢。请问您家里还有多余的鸡蛋吗?我的太太今天要做一些蛋糕,需要用几只鸡蛋,恰好我刚刚路过你这里的时候看到了这些鸡,所以想来买一点回去。您的鸡这么健康,下的鸡蛋一定会美味至极。"

听了他的话以后,老太太更加高兴了,马上就转身回到屋里去给他取来了一盒鸡蛋。

趁着她取鸡蛋的这点时间,杰克·尼尔克森迅速地察看了一下周围的环境,他发现,在院子的后墙角上有一整套挤奶设备,看上去似乎经常使用。于是,一个主意在他的心里诞生了。

等到那位老太太拿着鸡蛋再回到门口的时候,杰克·尼尔克森对她说道:"太太,如果我没有猜错的话,您养鸡赚的钱一定要比您先生养奶牛赚的还要多吧!"

杰克·尼尔克森的这句话彻底说到了老太太的心坎儿里,让她一下子眉开眼笑,心花怒放起来。因为她的丈夫一直认为是靠他养奶牛、卖牛奶支撑着这个家,不肯承认她的价值,但是她却一直希望能够得到认可,更想把自己的成就和别人分享。

就这样,老太太对杰克·尼尔克森的戒备彻底解除了,她甚至还主动邀请他到自己的后院里看看那些鸡。杰克·尼尔克森当然不会放过这个机会。一走进后院，他就忍不住赞叹道："天哪，这些鸡多么漂亮！"站在鸡舍前面，两个人畅所欲言，互相交流着养鸡方面的常识和经验，看上去就像是认识多年的老朋友一样熟络。

"我母亲养鸡的时候总会遇到一些大大小小的问题，比如，鸡蛋放不了几天就会变质、发臭，孵化小鸡总是不成功，这些都令她愁眉不展，不知道您是不是也遇到过类似的问题呢？"杰克·尼尔克森开始把话题引向自己的主业——向老太太推销电器。

老太太一下子产生了共鸣，她皱着眉头说道："的确是这样的，孵化小鸡和保存鸡蛋都是大难题，我一直想不出应该怎么解决。你的母亲有什么好办法吗？"

杰克·尼尔克森抓住这个机会，说道："今年春天的时候，我送给我的母亲一台孵化器和一台大冰箱，这些都是我们公司的产品，它们不但帮我母亲解决了孵化小鸡和保存鸡蛋的问题，而且还让她的生活变得更加方便了。"

"真的这么好用吗？"老太太将信将疑地问道。

于是，杰克·尼尔克森不失时机地向老太太介绍了他们公司的产品，还跟她分享了自己母亲的使用经验，最后，老太太不但购买了一台孵化器和一台冰箱，还买了一个热水器。

炼智 老子曰："将欲取之，必先与之。"杰克·尼尔克森所用的正是这一计策，当老太太对他表现出厌烦情绪的时候，他不是急着推销自己的产品，而是先从老太太的兴趣——养鸡上开始谈起，满足其成就感，然后再水到渠成地把话题引向电器推销，让老太太主动去了解、接受他的产品。

悟道 有信任，才有接纳与合作。信任是一种弥足珍贵的情感表现，金钱买不来，武力亦强求不得。它是一个人的灵魂深处的清泉，让心灵纯洁、自信汩汩。让我们从现在开始，对身边的人增加一点信任，世界将会变得更加和谐美好。

带着锤子推销玻璃

斯塔巴克是一个犹太人,他是一名推销安全玻璃的推销员。在他的努力之下,多年来他的销售业绩一直是高居同类产品的第一名。在一次顶尖销售人员的颁奖大会上,斯塔巴克获得了一个"最优秀推销员"的奖项。当他上台领奖的时候,主持人好奇地问道:"斯塔巴克先生,众所周知,你的销售业绩一直保持在行业第一名的位置,而且这么多年都没有人能够超越你,请问你是怎么做到的?你可不可以跟大家分享一下你的推销秘诀?"

斯塔巴克轻轻地笑了,给大家讲了一个自己的故事:

有一次,我去拉斯维加斯拜访一个叫做尤里斯·凯奇的客户,他是一家汽车生产厂家的总经理,这家公司对于安全玻璃的需求量非常大,如果说普通客户只能吃掉一条鱼,那么,这家公司恐怕需要吃掉一池塘的鱼才能吃饱。可想而知,我要面对的竞争是多么激烈。据说每天去向他推销安全玻璃的人多得不计其数,队伍能够从办公室门口排到马路边上。

我预约了很多次才获得允许去和他见面。当我走进他的办公室的时候,他正斜躺在自己的老板椅上,非常不屑地看着我,问道:"说吧,你们公司的安全玻璃有什么好处?"

于是我从皮箱里拿出了我们公司的资料,打算先简单地给他介绍一下,但是还没等我开始说话,他就制止了我,指着办公室各式各样、堆积如山的资料对我说:"你要知道,斯塔巴克先生,每天到我这里拜访的人川流不息,他们都说得天花乱坠,声称自己的安全玻璃是最好的,别人的玻璃连垃圾都不如,那么,我该怎么选择呢？我怎么能够判断出你的玻璃比别人家的好还是坏？就凭你们的三寸不烂之舌,我能相信你们吗？"

我停下来,眼睛一眨也不眨地看着他:"凯奇先生,我只问你一句话:请问你相信安全玻璃吗？"

凯奇先生还是保持着原来的那种轻蔑的表情,回答道:"我不确定我是不是应该相信这种玻璃,因为我根本不知道你们凭什么让我相信。"

"这其实很简单,先生,我不会说一大堆废话来告诉我们的玻璃质量有多么好,因为我有更好的方法来证明。"说完,我就从随身带着的皮箱里拿出了一些被分割成15厘米见方的安全玻璃,放在他面前,拿出一把小铁锤,用力往上面砸了过去。

锤子砸在玻璃上发出了一声巨响,凯奇先生被震惊了,他一边大声惊呼着"不能这么做",一边迅速地离开了椅子,向角落里躲去。他害怕玻璃被砸碎了,碎渣溅到他的身上,给自己造成伤害。可是结果令他大吃一惊——玻璃是完好无损的,没有碎！

这时,他走了过来,看着桌子上完好无损的玻璃,惊讶地说:"这真是太神奇了！"

"凯奇先生,现在你该相信我们的安全玻璃是真的安全了吧？"

他点点头,一扫刚才那种不屑的神情,取而代之的是敬佩的眼神。

"那么,你打算为你的公司买多少安全玻璃呢？"我见状赶紧问他。

接下来,我们就直接进入到成交的步骤,整个过程只花费了不到一分钟的时间。尤里斯·凯奇先生后来成为了我们的忠诚客户,他们公司所用的安全玻璃几乎都是从我这里购买的。

斯塔巴克的这个故事令在场的每个人都为之动容,他们从来没想过原来推销也可以这样,会场上顿时响起了一片热烈的掌声。

这就是斯塔巴克的推销艺术,他从来不会口若悬河地告诉客户他们的产品有多好,而是直接用行动来证明。

斯塔巴克的这个故事很快就在同行中传开了,不久之后,几乎所有推销安全玻璃的推销员在拜访客户的时候,都会随身带着一些小块的安全玻璃样品和一把小

//// 推销困局的**奇趣**故事

锤子,用"砸玻璃"的方式来说服客户相信自己的产品。

这时,有人好奇地问斯塔巴克:"你把自己的推销绝招都告诉了别人,难道不怕大家超过你吗?"

斯塔巴克笑了笑,信心十足地说道:"既然我敢说出来,就一定有应对的办法。今年的销售冠军一定还会是我。"

果不其然,到了年底的时候,大家发现斯塔巴克的销售业绩依然遥遥领先,稳居冠军的宝座,这真是太不可思议了。

在这届销售业绩颁奖大会上,主持人又问出了大家心中共同的疑惑:"斯塔巴克先生,自从你去年把你的秘诀广而告之了以后,大家都在效仿你,但是,为什么用同样的方法,你的业绩还是能够保持第一呢?"

斯塔巴克一如既往地笑着说:"其实,原因再简单不过了,我早就知道其他同行一定会模仿我的推销方法,因此,我就对我的方法进行了改进。从那以后,我到客户那里拜访的时候,如果他们回答说'不相信',我就把安全玻璃的样品拿出来,并且把锤子递给他们,让他们自己来砸一下试试。很显然,他们虽然相信自己的眼睛,但更相信自己的手。"

真正的绝招是不会被偷走的,而斯塔巴克的绝招并不是他在推销中采用的那些方法,而是他不断思考、不断创新的头脑。

炼智 斯塔巴克知道,与行动相比,语言的力量是苍白的。在推销玻璃时,他使出了一招"百闻不如一见,百看不如一用",由自己演示变为让客户亲自去尝试,感受到产品的特性,再决定是否购买。最终,他的产品获得了更多客户的青睐。

悟理 鲁迅说:"第一个吃螃蟹的人一定是个勇士。"当今社会生活中,一流的人创新,二流的人模仿,三流的人盲从。你愿意做哪种人呢?如果你渴望获得成功,那么就做个敏于观察、勤于思考、善于总结、勇于创新的"开荒者"吧,避开那条被常人踏惯了的熟路,选择着新的方向探索前进。

把自己推销给银行

贝尔·布朗是一个富有冒险精神的年轻人,他在不到30岁的时候就开创了自己的公司。说出来也许会令你吃惊,贝尔·布朗的公司主要经营的业务竟然是讨债!在公司刚刚成立的一段时间里,生意非常清淡,也没有什么大客户,这让贝尔·布朗非常苦恼。他知道,要想在竞争越来越激烈的市场上生存下来,并且逐渐发展壮大,如果没有大客户是万万不行的。于是,贝尔·布朗把自己的主要目标集中于拓展大客户。

订下目标以后,贝尔·布朗就开始思考:谁会需要讨债的业务呢?只有那些资金流动性大的地方才会需要。答案逐渐清晰了起来:银行!于是,贝尔·布朗决定攻下周围地区的银行。

当贝尔·布朗正苦于无处下手时,一位朋友的名字突然浮现在他的脑海里——高尔登先生。高尔登是一家银行的部门经理,贝尔·布朗和他是在一次同学聚会上认识的。于是,贝尔·布朗迅速地拿起电话,拨通了他的号码:"你好,高尔登,如果我想和你们银行合作的话,我应该联系哪个人?"

高尔登回答道:"应该找理查德·卡特,他是这方面的负责人。"

"那么,我能提到你的名字吗?"贝尔·布朗知道,很多在银行工作的人都非常看重介绍人,因为这是信誉的保证。如果没有人介绍的话,吃"闭门羹"几乎是家常便饭。

高尔登在电话那头笑了笑,说道:"当然可以,还可以说是我推荐你去找他的。"有了高尔登做自己的推荐人,贝尔·布朗就容易敲开银行的大门了。

接着,贝尔·布朗就给理查德·卡特打了一个电话,电话刚刚接通,他就自报家门,抢先说道:"你好,我是高尔登先生的朋友,是他介绍我联系你的。"果然,理查德·卡特一听,就对贝尔·布朗产生了好感。他们两个人在电话里交谈了几句以后,就约好了面谈的时间。

然而,尽管事情有了一个良好的开端,接下来的发展却并不那么顺利。见面会谈的时候,理查德·卡特开门见山地对他说:"想与我合作的讨债公司非常多,其中有很多公司都花费了大量时间和精力来向我推销,并且都宣称自己的效率是最高的,价格是最低的。那么,你们公司有什么独到之处吗?"

贝尔·布朗想了一会儿,说道:"就我所知,现在的讨债公司都是使用业务提成的方法,提成的比例高达30%,对于银行来说,这是一笔非常大的费用。但是我们的公司却抛弃了这种陈旧的方法,我们对每一笔债务都一次性地收取费用,这个数额是固定的,而且这笔费用也并不高。"

但是,理查德·卡特对于他们公司的这个特点明显不感兴趣,他轻轻地摇了摇头。碍于高尔登的面子,他还是与贝尔·布朗闲聊了一会儿。

在闲聊的过程中,贝尔·布朗得知了一个重要信息:这家银行的讨债业务只有十分一是交给讨债公司来处理的,除此之外,银行还特意设立了讨债部门,专门来对债务进行处理。贝尔·布朗灵机一动,于是不再把自己与其他的讨债公司相比较,而是谈起如果用自己的公司来讨债的话,相比银行自己来追讨,要节约大量的成本。理查德·卡特被他的话题吸引了,很明显,他对贝尔·布朗的想法产生了浓厚的兴趣。

贝尔·布朗知道理查德·卡特已经被自己的想法打动了,于是他又问了一些关于银行管理方面的问题,希望能够从他的回答中得到一些有用的信息。果然,理查德·卡特无意中又透露了至关重要的信息:这家银行现在面临的最大问题是人员膨胀,为此,他们不得不在业务旺季投入大量资金雇佣一些人以完成任务,但到了淡季之后为了节省成本又不得不把他们解雇。

贝尔·布朗一下子找到了突破点,他对理查德·卡特说道:"这给你们的银行带来了多大的负担！想想看吧，在招聘这些人的过程中，你们要付出很大的成本，为了能够让他们尽快适应工作，还要专门对他们进行培训。可是，好不容易培训完了，他们也逐渐成长为一个合格的员工了，到了淡季的时候，你们又必须得解雇他们。这给你们银行增加了多大的成本！而且年年都是如此，每年都会有一大笔钱花在不必要的地方。这真是太不划算了。"

理查德·卡特听了他的话，也连连点头，表示赞同，但同时他也很无奈："之所以这么做，是因为找不到更好的方法。"

贝尔·布朗乘机把自己的想法合盘推出："那么，你们为什么不试试'外包'的方式呢？把你们的讨债业务整体承包给讨债公司，这不但能够为银行节约大量资金，而且还可以精简银行机构，效果也比较好。"

一个难题就这样迎刃而解了，理查德·卡特高兴地接受了贝尔·布朗的建议，并且同意把1 000名平均欠款大约为3 000美元的客户交给贝尔·布朗，先试试他的方法到底能否行得通。就这样，贝尔·布朗成功地把自己推销给银行，顺利拿下了一笔高达300万美元的大订单。

炼智　在竞争对手火并的领域里，贝尔·布朗并没有与他们硬碰硬，而是"避其锋芒"，寻找市场上的空白点，最终在未经开垦的"蓝海"里找到了自己的立足之地。

而且，一开始理查德·卡特并没打算给他任何订单，但随着话题的深入，贝尔·布朗完全站在对方的立场上考虑问题，提出了解决难题之道，为客户节省了费用，从而达成了一大笔业务。

悟理　做人要敢于尝试，对于任何一件看似毫无生机的事情，永远都不要着急说"不"！机遇面前，每个人都是平等的。最重要的是看你是否具有成功的渴望，是否勇敢地迈出第一步，是否能相机行事。永不言弃是把握机遇的金钥匙。

五十二次拒绝

戴夫·多索尔森是美国很有名的一位销售专家、培训大师,被誉为"创造性销售"的创始人。在戴夫·多索尔森的推销生涯里,遭遇最多的两个字就是"拒绝",然而,他的成功也正是源于"拒绝"。拒绝激发了他的斗志,让他不断地想奇招,用计谋来化"拒绝"为"接纳"。

有一次,戴夫·多索尔森被客户拒绝了52次,不过,在最后一次拜访的时候,他还是拿下了这笔巨额订单。令人惊奇的是,在这53次拜访中,他每次都能给客户带来全新的创意。

当时,戴夫·多索尔森在一家电视公司从事广告推销业务,他们公司遇到了一位非常难于对付的潜在客户,几乎所有的推销员都在他那里碰了壁,而且无论什么推销方法对于他来说似乎都是无效的。于是,热爱挑战的戴夫·多索尔森决定去找这位大家都已经放弃的客户谈一谈,希望能够把"不可能"变为"可能"。

在拜访这位客户之前,戴夫·多索尔森先对他进行了详细而全面的调查,掌握了客户的相关信息。他了解到,这位客户经营的是一家规模很大的家具店,由于他的公司采取的是直销策略,因此,他认为广告的宣传作用不大,就很少为自己的店做广告。就算是迫不得已要做广告,也只限于平面媒体上,一年投入的资金大约为几万美元,而在电视广告方面,当时每年投入的费用不超过1 000美元。

戴夫·多索尔森先给这个老板打了一个电话,说明了自己的来意,但是老板却让他去联系自己的销售代理,委婉地拒绝了他。对于这个结果,戴夫·多索尔森一点儿也不意外。在与销售代理联系了以后，戴夫·多索尔森再次提出了与这位老板见面的要求。也许是看出了他是个难对付的家伙，那位老板最终答应了他的请求，给了他一次面谈的机会。

见面以后，戴夫·多索尔森向那位老板仔细地介绍了自己的广告宣传计划，然而对方却始终一言不发地坐在那里，无动于衷。直到戴夫·多索尔森说完了以后，他才说道："年轻人，虽然你说了一大堆，但是很抱歉，我没有找到一点儿吸引我的地方。我是不会和你们合作的，你不要白费力气了，与其把时间浪费在我这里，不如另寻他人吧。"

戴夫·多索尔森知道自己所说的并没有引起那位老板的兴趣，但是他仍然不死心，又问道："先生，如果我能够想出更好的主意的话，您能不能再给我一次机会，让我与你详谈？"

那位老板回答道："我很佩服你的执著，好吧，如果你能够想出更好的计划，那么你可以来找我，我愿意听一听。"

从客户办公室出来以后，戴夫·多索尔森暗暗下定决心：无论如何，一定要拿下这位客户。他打算每周向这位客户介绍一个新的计划，直到对方愿意签下他的订单为止。

从那以后，戴夫·多索尔森每周都会去拜访那位老板，每次都会带着一个全新的计划。为了不引起客户的反感，戴夫·多索尔森尽量把自己的介绍压缩在15分钟之内，时间到了以后就马上站起来走人，从来不会耽误客户的时间。

渐渐地，戴夫·多索尔森不但熟悉了店里的每一个人，而且对家具店的情况以及家具行业的信息也更加了解了，这使得他在制定广告计划的时候更加得心应手了，而且做出来的方案也越来越符合家具店的需求，更有针对性。

一年的时间很快就过去了，虽然戴夫·多索尔森的广告计划不断推陈出新，但是那位老板却一直都不太满意。尽管如此，戴夫·多索尔森还是坚持去拜访他，即使在自己放假的时候也从不缺席。他就像疯了一样，全身心地投入到了这件事情上。

为了寻找灵感,戴夫·多索尔森还查阅了大量资料并耐心地向广告行家请教,请他们给自己一些建议。正所谓"踏破铁鞋无觅处,得来全不费工夫",有一次,戴夫·多索尔森在和一位广告制片人一起看录像带的时候,突然迸发出了一丝灵感的火花。那盘录像带是有关家具店的,是一位摄影师随意拍摄的,前半部分只是一些非常普通的画面,可是家具店标志的出场却有一些独特的亮点:它缓缓地出现在画面上,拖着一个闪亮的、像彗星一般的"尾巴",看上去不但引人注目,而且还很好地把家具店的名字烘托了出来。这个画面让戴夫·多索尔森振奋不已,他马上打电话给那位家具店的老板,约他见面。

看完那盘录像带以后,戴夫·多索尔森心情澎湃地把自己的新创意向家具店老板详细介绍了一遍,说完,他看着那位老板,内心充满了忐忑,甚至已经做好了第53次被拒绝的准备。然而,令他惊喜的是,这一次,那位老板没有像以前一样说"不",而是笑着说道:"这个方案听起来非常不错,我被深深吸引了。多索尔森先生,我觉得现在我们可以开始合作了,我们来谈谈具体的条件吧。"

从第一次来拜访家具店老板到拿下这个订单,戴夫·多索尔森用了整整一年的时间,在这么漫长的时间里,他持之以恒地去拜访客户,并且还不断地想出一些新的创意完善自己的计划。天道酬勤,他坚持不懈的努力最终给他带来了丰厚的回报。他不但给公司赢得了一个大客户,而且还获得了不菲的佣金。

炼智 从第一次拜访客户到成功拿下订单,戴夫·多索尔森经历了52次被拒绝,投入了一年的时间,他打了一场异常艰难的"持久战"。其间,他靠的就是坚持不懈的努力,"推陈出新"的方案,最终赢得了胜利。

悟道 成功是不可能靠投机取巧得来,而在于长久的坚持与努力。
任何伟大的事业,都成于持之以恒,毁于半途而废。读书学习又何尝不是如此呢?要达到从"昨夜西风凋碧树,独上高楼,望尽天涯路"到"衣带渐宽终不悔,为伊消得人憔悴",再到"众里寻她千百度,蓦然回首,那人却在灯火阑珊处",唯在坚持。

赌赢一顿牛排

罗伯特·舒克是美国经理人寿保险公司的创始人，被称为"作家推销大师"，著有《全面承诺》《完美的推销解说》《反败为胜：新福特汽车公司》等多部与推销有关的畅销书。他之所以能够取得如此辉煌的成绩，与他父亲赫伯·舒克的影响是密不可分的。赫伯·舒克也是一位非常出色的推销员，他经常教育罗伯特·舒克："无论做任何事情，都要热情，推销更是如此，只有热情的感染力才会打动你的客户。"

刚踏入保险行业的时候，罗伯特·舒克就职于父亲创建的一家公司。当时，推销方法还不像现在这么多元化，推销员大都是利用自己掌握的"销售线"进行推销的。所谓"销售线"其实就是把某个区域的潜在客户的各种信息，比如姓名、地址、职业等记录在一张卡片中，形成备忘录，然后推销员就可以照着备忘录上的信息去挨着拜访进行推销了。

为了提高推销员的效率和成功率，公司给推销员们设计出了一套最优化的推销方案——直接去拜访目标公司的主要负责人，故作神秘地告诉他自己有十分机密的事情，需要一段时间和他洽谈。大部分客户都会以为是联邦调查局的人来进行秘密调查，因此一般都会非常配合。但这只是一块敲门砖，因为推销员总得表明自己的真实来意，最终能否成功就要靠推销员的智慧和技巧了。

罗伯特·舒克认为这个方法是行得通的，而且效果十分显著。但是，他手下的一名推销员对此却持反对态度。不仅如此，他还总是在公司的集体会议上向罗伯特·舒克抱怨自己所在的区域实在是太糟糕了，屡屡要求换一个新的区域。

罗伯特·舒克问道："那你是不是花了足够的时间去拜访他们了呢？要知道，不投入时间的话,事情肯定不会顺利。"

那名推销员愤愤地说:"我已经花了很多时间去拜访这二十多名潜在客户,并且都是按照公司的方案来进行推销的,尽管我已经做出了巨大的努力,但还是没有人愿意买我的保险。到现在为止,我连一个订单都没有拿下。"

"这是你的问题,不是吗?"罗伯特·舒克紧盯着他,反问道。

"不,我已经尽了最大的努力,是这些客户实在是无法理喻,我一定要换区域,只要换了区域,很快就能证明我是一名多么出色的推销员。"

罗伯特·舒克站了起来:"这与区域无关,是你个人的问题,你的心态没有摆正!"

那名推销员还是不服气,他反驳道:"你根本就没有接触过这个区域的那些客户,谁都不能从他们手里拿到订单。"

罗伯特·舒克想了想,说道:"如果你坚持这样想,我也没有办法。但是我会亲自去向他们推销,到时候你就知道你是错误的。我们不妨来打个赌:要是我能够在下个周末到来之前就和这个区域里的至少十个人做成生意,那么,你就请我吃牛排,而你只能坐在一边看着我吃。如果我不行,那我就坐着看你吃牛排,如何?"

"我同意和你打赌,因为你根本就不可能做到。"那名推销员嘟嘟囔囔地说道。

罗伯特·舒克很快就行动了起来。但公司的人都不相信他会成功,因为大家知道,几乎没有一个客户愿意接受一家保险公司的推销员对自己进行第二次同样内容的推销。

接下来的一周时间里,罗伯特·舒克总是忙忙碌碌的,也没有向任何人透露自己的推销情况,大家都在望眼欲穿地等待着最后的结果。

一周很快就过去了,周六的集体会议又如期到来了。所有的推销员们都在焦急等待着罗伯特·舒克做报告,他们都想知道结果到底如何。罗伯特·舒克打开了自己的文件包,从里面拿出了一大摞附带着支票的销售单,他对着大家笑了笑,然后大声地念出了这些客户的名字。在所有推销员惊诧的目光中,他念完了16位客户的名字。

接着,罗伯特·舒克给大家讲述了自己的推销经历:"我去拜访这20位客户的时候,说的都是同样的话:'你好,我是罗伯特·舒克,是福达洲际保险公司的一位负

//// 推销困局的奇趣故事

责人,我想你一定有印象,在这之前我的一名员工曾经拜访过你。今天我再次来拜访你,是因为最近我们的保险条约有了新的变化,而且这些条约会影响到你的切身利益。当然,这些条约对你会更加有利,最关键的是,价格却没有任何变化。也就是说,你能以原来的价格享受到更大的利益。所以,希望你能够给我几分钟的时间,让我来给你讲讲新条约,好吗?"

说到这里,推销员们都纷纷问道:"新条约,为什么我们不知道呢?"

"是的,因为根本就没有什么新条约,我给他们介绍的是与上次一模一样的条约。但是我在给他们介绍的时候会特别提醒一下:'你一定要认真听,接下来的这条进行过修改。'"

罗伯特·舒克接着说:"每当我解释完这些新条约以后,客户都会点点头,说道:'的确不错,很多条都与之前的不同。'其实,那是因为他们之前根本就没有认真听,更不知道原来的条约到底是什么内容。这些条约吸引了他们,接着,就有很多人与我签订了订单。"

听完了罗伯特·舒克的推销经过以后,那位怨声载道的推销员红着脸低下了头。罗伯特·舒克用事实让他彻底心服口服。后来,他果然请罗伯特·舒克吃了一顿饭,就按照打赌的时候说的那样,罗伯特·舒克津津有味地吃着牛排,而那名推销员却坐在一旁眼巴巴地看着。

炼智 罗伯特·舒克没费吹灰之力,只用了一招"无中生有"就成功地拿下了16份订单。他熟谙客户的心理,用一字未改、子虚乌有的"新条约"成功地替换了旧条约,化无为有,引起客户倾听的兴趣,而订单自然就是囊中之物。

悟理 心态决定命运。如果做事漫不经心、只知抱怨,成功就会弃你而去;如果你积极主动地去努力,成功就如影随形,捧来甘美的硕果。

变推销为求助

艾尔伯特·阿塞尔是一位推销铅管和暖气材料的推销员。他有一个多年来都未能达成的愿望,那就是和布罗克林市最大的铅管消费商汤姆·克拉尔做生意。汤姆·克拉尔的公司不但业务量非常大,而且商业信誉极好,在业内享有非常好的声誉。能够与他做生意,相当于汤姆·克拉尔谈下1 000个别人的小订单。

然而,令艾尔伯特·阿塞尔意想不到的是,因为这笔生意他却吃尽了苦头。汤姆·克拉尔是个为人非常苛刻的人,而且还以自己的粗线条、刻薄无情、直接而感到自豪。对于那些他没有什么好感的人,他经常会说一些令人感到非常窘迫的话语,不留一丝情面。每当艾尔伯特·阿塞尔到他的办公室拜访的时候,刚打开门,就会看到他翘着二郎腿坐在宽大的办公桌后面,嘴里叼着一根长长的雪茄,大声咆哮着喊道:"我这里什么也不需要,请你快点离开我的办公室!不要浪费我一秒钟的时间。"

遭遇客户的冷遇对于身为推销员的艾尔伯特·阿塞尔来说简直就像是家常便饭一样,然而,汤姆·克拉尔的这种极端的方式却让他有些接受不了。汤姆·克拉尔从来没有认真地听他介绍过一次自己的产品,却总像驱赶那些讨厌的苍蝇一样无情地把他驱逐出办公室,还把他的尊严恶狠狠地扔到地上,然后再毫不留情地踩上几脚。一度,艾尔伯特·阿塞尔甚至想放弃这个客户,但是汤姆·克拉尔能够带来的利益却又让他有些舍不得。

事实证明,这种直接上门推销的方式只会得到汤姆·克拉尔的"逐客令",于是,艾尔伯特·阿塞尔决定尝试一下其他的方式。恰好,他的公司正在策划着在长岛皇后新社区开一家分公司。艾尔伯特·阿塞尔知道那正是汤姆·克拉尔的家乡,于是,他灵机一动,想出了一个好主意。

第二天,艾尔伯特·阿塞尔来到了汤姆·克拉尔的办公室,像往常一样,迎接他的是汤姆·克拉尔不耐烦的怒吼。但尽管如此,他还是来到了办公桌前,诚恳地对汤姆·克拉尔说道:"克拉尔先生,今天我不是来推销什么东西的,我有件事情想请你帮帮忙,不知道你现在方便吗?"

汤姆·克拉尔被他真诚的态度打动了,说道:"既然如此,那好吧,究竟是什么事情?拜托,请说得快一点!"

"是这样的,"艾尔伯特·阿塞尔说道,"我们的公司想在长岛的皇后新社区开一家分公司,我知道那里是你的家乡,而且你的生意也早就拓展到了那边,因此我想你对那个地方的了解一定是非常深的,所以我冒昧地来请教你对那里的一些看法。"

"你怎么知道那是我的家乡?"汤姆·克拉尔惊讶地问道。

"克拉尔先生,你知道的,要想向一个人推销东西,怎么会不了解对方呢?事实上,我了解到的信息比你想象的还要多,因为我想通过这种方式使你对我的产品产生哪怕一丝一毫的兴趣。可惜的是,我失败了,你从来没有给过我这样的机会。"

汤姆·克拉尔显然被他的敬业精神深深触动了,但他显然并不想在这个话题上说太多,而是问道:"你们公司为什么要在那里开设分公司呢?"

艾尔伯特·阿塞尔回答道:"那个社区最近的发展非常迅速,现在已经成为一个比较繁华的商业区,所以我们想在那里拓展业务。"

接下来,汤姆·克拉尔花了将近一个小时的时间为艾尔伯特·阿塞尔讲解、分析皇后新社区铅管市场的特性、优势劣势以及有可能会出现的阻碍因素。他不但赞同那个分公司的地点,而且还在购买产业、储备材料和开展业务等方面为艾尔伯特·阿塞尔提供了中肯的建议。

"克拉尔先生,实在是太感谢了,你的建议非常符合我们公司的情况,我看得出来,对于铅管行业的现状和未来发展你是有过深刻的思考的,所以才能高屋建瓴地给我这么多一针见血的建议！我非常庆幸今天能够来这里请教你，不然，这些问题恐怕我要花很长的时间才能想清楚呢！"

汤姆·克拉尔笑着回答道："这都是举手之劳，我还要感谢你如此重视我的意见。而且，你愿意来找我，说明你是信任我的。谁能不为这份信任而感到荣幸呢？"

说着，他们的话题就不再局限于铅管业，而是扩展到了私人话题，汤姆·克拉尔不但向他讲述了铅管公司开展业务的困难，就连家务的繁琐都向他诉苦了一番。

那天晚上，他们一共聊了四五个小时，艾尔伯特·阿塞尔离开的时候，口袋里装着沉甸甸的订单。他终于如愿以偿了。

不仅如此，这天晚上的畅谈也为他们的友谊打下了一个牢固的基础。后来，艾尔伯特·阿塞尔和汤姆·克拉尔建立了真挚的友情。过去常常大吼大叫地骂艾尔伯特·阿塞尔的那个家伙，现在竟然经常和他一起打高尔夫球。

炼智　《淮南子·兵略训》里讲到："故用兵之道，示之以柔而迎之以刚，示之以弱而乘之以强，将欲西而示之以东。"艾尔伯特·阿塞尔所用的正是"声东击西"之谋，他打着向客户请教、求助的旗号，其实"醉翁之意不在酒"，他不仅赢得订单，还与汤姆·克拉尔建立了良好的私人关系，收获满满。

悟道　知道在什么时候示弱、如何示弱是一种人生的大智慧，也是一种成功捷径。通过示弱来借力打力比示强更有力量。示弱不是真的弱，而是一种智慧的弱。

因祸得福

金·肯塔斯是一名推销高手,他善于把不幸的事情也转变为自己的机会。有一次,他在开车回家的路上不小心违反了交通规则,被交警拦了下来,给他开了一张50美元的罚单。在当时,50美元可是个不小的数目,这令金·肯塔斯心痛不已。因此,金·肯塔斯拿着罚单去收费处交罚款的时候,脑子里一直在想应该怎么挽回这笔不小的损失。出于职业本能,他首先想到的就是自己推销的产品——一种精致的不锈钢锅。

到了收款处以后,金·肯塔斯发现收费员是一位年轻美丽的女士,于是他暗暗高兴了起来,心想,自己的机会来了。

那天,收费处里的人很少,几乎没有人排队,因此,金·肯塔斯有足够的时间来向那位收费员推销自己的不锈钢锅。交完罚款以后,金·肯塔斯非常绅士地对那位收费员说:"你好,小姐,如果你现在方便的话,我可以向你打听一件事情吗?"

那位年轻女士抬起头来,吃惊地看着他,也许是头一次遇到这样的事情。但是她还是微笑着说:"当然可以!乐于为你效劳,先生。"

"恕我冒昧,请问你现在是单身一个人吗?是不是还没有成家呢?如果是这样的话,那么你工作多年一定已经有了一些储蓄了吧?"

金·肯塔斯的这番话让收费员丈二和尚摸不着头脑,她非常不解地问道:"是的,可是你为什么要问这样的问题呢?这跟你一点关系都没有。"

金·肯塔斯笑了笑,说道:"小姐,我一看就知道你是非常重视生活品质的人,像你这样的一位小姐,我想如果有一件质量非常不错而且十分实用,同时你也非常

推销困局的奇趣故事

喜欢的东西,你一定愿意把它买下来吧?即使因此你要节省30美元,我想这对你来说也不是什么难事吧?"

"是的,我想我会的。"收费员想了想,点点头回答道。

"那真是太好了!现在我的车里就有这么一件东西,它非常精致,而且市面上很少见,你愿意等我几分钟,让我把它拿过来给你看一下吗?"

"好的,我非常好奇,你所说的到底是一件什么样的好东西呢?"收费员同意了。

于是,金·肯塔斯三步并作两步跑回自己的车里,拿出了一只不锈钢锅的样品。

回到收费处以后,那位收费员一看到这口不锈钢锅,立即眼前一亮。金·肯塔斯敏锐地捕捉到了她眼睛里不经意间流露出来的光芒,于是,接下来,他十分热情地给那位收费员做了使用介绍。

"怎么样?小姐,你觉得这口不锈钢锅还不错吧?我想它一定非常适合像你这么有品位的小姐,你要是喜欢的话,为什么不把它带回家呢?"

收费员看着那口锅,一时拿不定主意,于是她转过身来问旁边的一位看上去年龄稍大一些的女收费员:"如果是你的话,你会买下这口锅吗?"

不等那位收费员回答,金·肯塔斯就抢着对她说:"女士,对不起,请允许我先说几句话可以吗?如果你站在这位小姐的角度,你是不是愿意买下这口锅呢?我想你一定已经结婚了,对吗?"

看到第二位收费员点了点头,他又接着说道:"那么,结婚后,很快你就会生儿育女,随着你的家庭中人口逐渐增多,你和你的丈夫要承担的生活费用也会逐渐增多。但是,平心而论,如果在你结婚以前像这位小姐一样,有机会得到一件既实用又十分喜欢的东西,你会让它从身边溜走吗?"

"不!我一定不会的,我会把它买下来。"或许是金·肯塔斯的话引起了那位女士的共鸣,或许她曾经经历过这样的遗憾,所以她想都没想就迅速地做这样的回答。

金·肯塔斯对她的回答非常满意,他转过头来,对第一位收费员说:"那么,年轻的小姐,你呢?你会让它就这么溜走吗?"

那位收费员笑了笑,说道:"当然不会,请问这口锅多少钱呢?"

就这样,金·肯塔斯成功地把这口精致的不锈钢锅推销给了收费员小姐。但他对于这一战果还不够满意,于是他又问那位年纪大一点的收费员:"女士,虽然你现在要为生活开销而左思右想,但是,你难道不想尝试一下这种新型的物品吗?它虽然会增加你的开支,但是,你看看它的功能,再看看它的质量,它完全值得你这么做!"

那位收费员想了想,说道:"你说的的确有些道理。"

金·肯塔斯又趁热打铁地说:"那么,你还犹豫什么呢?我想你年轻的时候一定错过了一些类似的东西,现在可千万不要再错过了!"

那位女收费员最终被说服了,她决定也买下一口不锈钢锅。

虽然交了50美元的罚款,但金·肯塔斯却因此卖出了两口不锈钢锅,真是"因祸得福"了。

炼智　金·肯塔斯的销售技巧令人叹服,他并没有直接向对方推销自己的产品,而是用了"曲径通幽"法。先是用故作神秘的开场白引发了对方的好奇与迷惑,使推销有了一个良好的开端。然后再一步步将对方引入自己设定好的范围内,让对方跟随自己的节奏走。有了金·肯塔斯的职业敏感,再加上他出人意料的销售技巧,推销才最终达成。

悟理　一只熟透了的苹果从树上掉落在你头上,也许你会捂着自己的头而生气。但如果苹果砸中的人是牛顿,那么,万有引力就此被发现。其实机遇对每个人都是公平的,不同的是,有的人善于发现并抓住机遇,有的人却任凭机遇从身边悄悄溜走。智者把握机会,愚者等待机会,而强者创造机会。你愿意做哪种人呢?

说动不买股票的富翁

托马斯·威尔逊是一个股票专家,还是一名非常优秀的股票经纪人,他经常向一些大客户推销股票。有一次,托马斯·威尔逊想向美国中西部煤矿公司的老板乔治·布朗推销股票。为了能够推销成功,他事先对这位富翁进行了调查,了解到这位富翁只买债券,名下有几千万美元的债券,而对其他的投资方式都不感兴趣,尤其是股票。但托马斯·威尔逊却并不愿意失去这个难得的大客户,于是他决定想办法说服乔治·布朗,让他投资股票。

他先给乔治·布朗打了一个电话,在电话里,托马斯·威尔逊简单地介绍了一下自己,然后直截了当地问乔治·布朗是否有投资股票的想法。

果然,乔治·布朗拒绝了:"非常抱歉,我只投资债券,如果你是推销其他投资方式的,那么我们的谈话可以到此为止了。"

托马斯·威尔逊刚要解释,乔治·布朗又接着说道:"其实,即使你是来推销债券的,我也劝你就此打住,因为我已经有了一位债券经纪人,他是一个债券专家,也是我的好朋友,我们合作地非常默契。所以,无论如何,我都不会再找第二位经纪人了,你明白我的意思吗?"

"布朗先生,谢谢你的坦诚。其实就算你打算让我做你的债券经纪人,我也是心有余而力不足。我在债券方面并不十分了解,更无法和你的经纪人相提并论。因此,现在我了解你的意思以后,就立刻打消了和你合作的想法。"

乔治·布朗听了托马斯·威尔逊的话,立刻大笑了起来,原先紧张的氛围立刻缓和了起来。

"布朗先生，请允许我冒昧地问一句，除了债券投资之外，你难道就没想过其他的投资方式吗？"托马斯·威尔逊试探性地问道。

"当然不是这样的。谁都希望自己的事业能够做得越来越大。其实我有一个梦想，存在我心里已经有很多年了。"

"是什么呢？"

"我一直很想创立一个人寿保险公司。"

"那真是太了不起了！那么，你都为此做了什么努力呢？"托马斯·威尔逊问道。

"这可真是戳中了我的痛处，人寿保险行业虽然潜力虽然大，能够给我创造巨大的利益，但可惜的是我对这方面并不了解，不知道应该从何入手。"乔治·布朗感慨地说。

托马斯·威尔逊立刻意识到自己的机会来了，他说道："原来是这样！那么，先生，你愿意和我合作吗？要是你肯相信我的话，我想我可以帮您留意一下，看看能否找到合适的创业机会。"

"你真的能帮我吗？"乔治·布朗半信半疑地说，"不过，托马斯先生，我还是要提醒你一句，我要的是人寿保险公司，可不是股票投资啊！"

"放心吧，先生。"

从那以后，托马斯·威尔逊就开始到处奔波，四处打听有没有打算出售的保险公司。终于，苍天不负有心人，有一天，一家保险公司的老板找到了托马斯·威尔逊，原来，这家公司不愿意和其他公司合并，于是打算低价出售。令托马斯·威尔逊激动的是，这家公司的股票售价仅是票面价的一半。

托马斯·威尔逊为此兴奋不已，紧接着，他对这家人寿保险公司进行了全面的评估，最后的结果令他非常满意。但只有一点令他愁眉不展，原来，这家公司是一个公众投股的公司，但乔治·布朗要的是一家私人公司，他早就声明自己绝对不会去收购股票。

推销困局的奇趣故事

这令托马斯·威尔逊左右为难,现在他只有两个选择,要么放弃,这样以前所有的努力全都化为乌有。要么就去说服乔治·布朗接受这家公司。托马斯·威尔逊当然选择后者。

经过一番精心筹谋以后,托马斯·威尔逊想出了一个好主意。

他先给乔治·布朗寄了一封信,在信中给他算了一笔账:创立一个人寿保险公司最起码要投入两千美元。除此之外,还要组建营销部、业务管理部等部门,招聘管理人员和保险推销员。最关键的是必须获得保险评估中心颁发的等级证书,这些零零碎碎的活动加起来还要投入四千多万美元。他在信中还给出了自己的建议:"先生,你一定要做好充分的心理准备。这些花销还不是全部的数额,因为创办一家新公司是充满风险和其他不可预测的因素的。这些数字还远远不够,因此,你必须准备一些机动资金以备不时之需。"

过了几天,托马斯·威尔逊给乔治·布朗打电话:"先生,你一定收到了我的信了吧?"

"是的,我已经看过了,谢谢你,托马斯先生,你对这件事很用心。"

"那你怎么想呢?"

乔治·布朗无奈地回答道:"你的建议非常对,这件事并不像我想象的那么简单,现在我已经没了主意。"

托马斯·威尔逊知道现在已经到了出手的时候了:"先生,我倒是有个好办法,也许能帮您的忙。我打听到了一家正在低价出售的人寿保险公司,可惜的是,它是一家公众持股的公司……"

他还没说完,乔治·布朗就打断了他:"托马斯先生,我早就说过,我对股票不感兴趣。"

"我知道,但是布朗先生,请让我说完,然后你自己做判断,好吗?"

乔治·布朗于是不再做声。

"我早就为你算了一笔账:这家人寿保险公司的账面价值是 2 000 万美元,但它在纽约的股市上却只以1 000万美元的售价出售,如果你收购了这家公司,就可以省去自己创办公司要花费的1 000万美元,这可不是一笔小数目啊。"

乔治·布朗没有说话,但显然他已经有些动心了。

"更重要的是,这家公司已经有保险登记测评证书了,你可以继续沿用它的管理部门和销售队伍。"

乔治·布朗依然没有说话,托马斯·威尔逊顿了顿,反问道:"先生,你想想,有这么多的有利条件可以直接拿来运用,你为什么一定要多花三倍的资金呢?而且,如果你不满意的话,完全可以再卖出去,到时候还可以得到高额的现金分红。"

一直没有说话的乔治·布朗终于说话了:"托马斯先生,既然如此,我还有什么理由拒绝呢?"

就这样,托马斯·威尔逊终于成功地让坚决不投资股票的固执老头投资了一把股票。

炼智　《史记·孙子吴起列传》中说:"善战者因其势而利导之。"也就是说,要顺着事情发展的趋势,加以引导。托马斯·威尔逊之所以能够说服乔治·布朗,让他从一个对股票毫无兴趣的人到最后投资股票,用的策略也正是"因势利导",他不但身处地为对方着想,而且他从对方的利益出发,成功当然也就在意料之中了。

悟理　河蚌之所以能够孕育出璀璨光辉的珍珠,是因为它忍受了沙粒日日夜夜的磨砺,不曾因痛苦而放弃;顽铁之所以能够炼成吹毛断发的宝剑,是因为它经受了烈火的长期淬炼,因信念而始终坚持。滴水穿石,不是因为它的力量,而是因其坚韧不拔、锲而不舍。成大事也是如此,不在于力量大小,而在于能坚持多久。

俏卖"烟熏阿根廷香蕉"

金诺·威廉姆斯是一家连锁超市的实习推销员,为了考验他是不是能够胜任推销员的职位,老板交给他一项任务——卖水果。

金诺·威廉姆斯工作的这家超市位于城市最繁华的商业中心区,在它附近还有几家大型的超市,每家超市的推销员都使出浑身解数拉客户。可想而知,这里的竞争几乎到了白热化的程度。金诺·威廉姆斯是个热爱挑战的人,看到这种情形,他不但没有泄气,反而激动万分,他想:证明自己的时刻终于到了!他下定决心要努力工作,好好表现,早日赢得老板的信任。

尽管竞争非常激烈,但是凭借着自己的热情与努力,金诺·威廉姆斯还是在短短的时间里打败了对手,把自己的水果推销做得风生水起。就在这个时候,发生了一件十分不幸的事情。金诺·威廉姆斯储藏水果的冷冻厂不慎着火了,虽然在消防队的及时救助之下,大火很快就被扑灭了,但是金诺·威廉姆斯清点水果的时候发现,有18箱香蕉被火烤了,不仅外皮变得特别黄,而且还留下了许多密密麻麻的小黑点。

老板一看,十分着急,立即指示金诺·威廉姆斯把这18箱香蕉低价抛售了,因为再过一段时间,这批香蕉可能就会彻底烂掉,到时候就一分钱也卖不出去了。老板叮嘱金诺·威廉姆斯说:"一定要尽快,哪怕价格再低也没有关系,只要能把这些香蕉卖出去就好。"

金诺·威廉姆斯以前从来没有遇到过这样的情况,不知道应该怎么做。他想了想,决定先把香蕉摆到水果摊上再说。他一边摆放香蕉,一边大声吆喝,希望顾客能够光顾。他的叫卖声比平常都大，因此，很多顾客被吸引过来，但是，当他们看到那些被熏得黑乎乎的香蕉以后，都失望地摇着头离开了。

这可不是金诺·威廉姆斯希望看到的场面，他叫住那些顾客，不停地向他们解释，说这些香蕉只是外表有些缺陷，实际上吃起来与正常的香蕉并没有什么两样。但尽管如此，大家还是不愿意买这样的香蕉。很快，围着他的摊位的顾客就都散去了。

金诺·威廉姆斯一个人呆坐在摊位旁边，想找个好办法，把这些香蕉全卖出去，向老板证明自己的能力。可是每当他抬起头来看到那堆丑八怪一样的烂香蕉的时候，都会泄气。因为谁都知道，商品质量不好的话，即使推销再有气势也无济于事。

金诺·威廉姆斯想了很久，都没想出什么好点子，最后，他只好把香蕉重新检查了一遍，并拿起一根看上去已经快要烂掉的香蕉吃了起来。这时，他发现，香蕉虽然看上去有些糟糕，但实际上并没有变质，而且，也许是因为经历了烟熏的缘故，吃起来还别有一番风味。突然之间，一个好主意浮现在了金诺·威廉姆斯的脑海里！

金诺·威廉姆斯的精神顿时振奋了起来，他站在自己的摊位前大声喊道："大家快来看一看、尝一尝！最新进口的烟熏阿根廷香蕉，独特的南美风味！全城仅此一家，别的地方都找不到这么好吃的香蕉！"

他卖力的叫喊声很快就吸引来了许多顾客，他们把金诺·威廉姆斯的摊位围了个水泄不通，好奇地看着那些黄中带黑、还点缀着很多小黑点的"烟熏阿根廷香蕉"，不知道这到底是什么品种的水果。看到顾客们都被自己吸引了过来，金诺·威廉姆斯心里暗暗高兴了起来，因为这代表着他的计划已经成功了一半。

接着，金诺·威廉姆斯又开始对着顾客们说道："大家来看看，你们一定没见过这种香蕉吧？这种'烟熏阿根廷香蕉'是美食家最新研究出来的一种做法，用树枝熏烤而成的，不但风味非常独特，而且还广受许多名人的欢迎。这种香蕉的做法非常难于把握，因此，供应量很小，我这是费了九牛二虎之力才买来的，下次不知道什么时候才能有机会进货呢！为了答谢你们对我们超市的支持和信任，我只以成本价出售这批香蕉，每磅只卖一美分！为的是让大家尝个新鲜，快来买吧！再过一会儿就被

//// 推销困局的 奇 趣 故事

抢光了！"

听了他的这番话，顾客们都将信将疑，开始议论起来。

这时，金诺·威廉姆斯发现人群里站着一位年轻的女士，她正饶有兴趣地看着这些"烟熏阿根廷香蕉"，一付跃跃欲试的样子。于是，金诺·威廉姆斯把那位女士叫到了人群前面，对她说："请问这位女士，以前你曾经见到过这种香蕉吗？"

那位年轻女士摇了摇头，说道："没有，我还从来没见过这种香蕉呢，不过看起来倒是非常有趣，不知道吃起来会怎样呢？"

"请你来做第一个品尝这种美味的顾客吧！"说着，金诺·威廉姆斯就把一根剥好了皮的香蕉递给了那位女士，"我敢打赌，这一定是你吃过的最好吃的香蕉。"

那位年轻女士也没有推辞，接过香蕉一边吃，一边惊喜地说道："果然非常好吃，有一种与众不同的香味！来，给我称十磅吧，我要带回家给父母品尝一下。"

听到了那位年轻女士的话，周围的顾客们纷纷动了心。金诺·威廉姆斯乘机说道："眼见为实！大家看到了吧，那位女士都说味道非常不错！你们还在犹豫什么呢？这么可口的烟熏阿根廷香蕉只卖一美分一磅！难道你们不想买一些给你们的亲人、朋友尝一尝吗？我们这里可只有18箱啊……"

顾客们的疑虑完全被打消了，他们纷纷抢着掏钱购买，生怕自己再晚一点就买不到这个新奇的东西了。不一会儿，18箱"烟熏阿根廷香蕉"就被抢购一空。

炼智 金诺·威廉姆斯所推销的香蕉在没有变质的前提下，一招"吊胃口"竟化腐朽为神奇，化垃圾为宝贝。他用"烟熏阿根廷香蕉"这个噱头来引起顾客的好奇心，让他们对这些香蕉产生了浓厚的兴趣，最后竟出现了抢购的局面。

悟理 挑战无处不在，以"明知山有虎，偏向虎山行"的大无畏精神，不懈地探索着布满荆棘与坎坷的险境，才能攀上似乎无法抵达的高峰。挑战自我，超越自我，拼下别人无法做到的伟业。

有心插柳柳成荫

威廉姆斯就职于一家专门生产钓鱼产品的公司,他的职责主要是推销水下搜鱼器。有一天,他开车回家,走到中途的时候,突然发现油箱里的油已经所剩无几了,恰好前面出现了一个加油站,于是他就在加油站停了下来,想给车加点油,然后争取在天黑之前能够顺利回到家。

加油站的人可真不少,加完油以后他排着队等着缴费,就在这个时候,他看到从远处缓缓驶过来四辆拖着捕鱼船的汽车,停在了他刚才加过油的地方。

"这不正是推销水下搜鱼器的好机会吗?"他心想。于是,他立刻返回了自己的车上,拿出几份"水下搜鱼器"的广告宣传单,走到那些捕鱼船的船主面前,一边介绍着自己,一边给他们每个人递过去一份传单。

那些捕鱼船的船主纷纷摇头拒绝,不肯接他的推销传单。威廉姆斯笑着说道:"先生们,我今天可不是向你们推销东西的,但是我觉得对你们来说这份传单将会非常有用,你们可以拿着一份,在路上无聊的时候,不妨看一看,就当做是在消磨时间吧!如果你们实在不感兴趣,也可以扔掉,这样不会浪费你们太多时间,但我想你们或许会喜欢这种'底线牌'水下搜鱼器。"

听到他这么说,那些捕鱼船的船主也就不再拒绝了,他们对着威廉姆斯点点头,接过了传单。

交完加油费后,威廉姆斯开着车要离开加油站的时候,还向这些人挥手道别:"千万不要忘了,有时间的时候一定要看一看那份传单啊!"

开了两个小时的车以后，威廉姆斯忽然感觉有一些口渴，于是就在路边的一个休息站停了下来，到贩售亭里买了一瓶可乐，"咕咚咕咚"地喝了起来。这时，他看到刚才在加油站遇到的那几个船主向他飞奔了过来。

"嘿！伙计们，没想到在这里又遇到你们了，真是太巧了！"他热情地对那几个人打招呼。

"不，这可不是巧合，"其中一个人气喘吁吁地说道，"我们一直在追你的车，但不幸的是，我们的车上拖着渔船，车速怎么也赶不上你的。谢天谢地，幸亏你停了下来，不然我们还不知道要追多久呢。"

"抱歉，如果我早发现你们就好了，就不必让你们追得这么辛苦了。那么，先生们，有什么事情需要我帮忙吗？"威廉姆斯问道。

"是这样的，你走以后我们认真地看了那份传单，发现这种水下搜鱼器确实非常适合我们，所以我们想向你多了解一些关于水下搜鱼器的事情。"

"那真是太好了！"威廉姆斯高兴地说道："恰好我的车上还有一些展示品，我可以拿来给你们看一看。"

说完，威廉姆斯就到车上把水下搜鱼器拿了过来，给他们进行了简单的介绍。有位船主问道："能不能给我们演示一下呢？"

"当然可以！"威廉姆斯回答道，"但是，这个水下搜鱼器需要电源才能启动，我这里恰好没有电池了，这该怎么办呢？"

一位船主指着不远处的休息室对他说道："我们不如去休息室里找找，那里应该会有电源插座。"

威廉姆斯也正有此意，于是，他和四位船主就走进了休息室，但是，虽然他们几乎翻遍了休息室里的每一寸地方，依然没有找到电源的踪影，最后，威廉姆斯在男厕所里找到了一个用来给烘干机供电的插座。

威廉姆斯启动了水下搜鱼器，一边娴熟地操作着，一边解释着："当你把这个水下搜鱼器放到水里以后，它就开始活动了起来，寻找周围的鱼，比如在 70 米深的地方有一条鱼，在船的右舷边 30 米处也有一条鱼……"

推销困局的奇趣故事

威廉姆斯的演示非常逼真,讲解得也十分认真,不但那几个船主听得入了神,就连男厕所里的其他人也很感兴趣,纷纷围了过来。

十分钟以后,威廉姆斯结束了自己的示范,这时,那四位船主已经从听众变成了客户,迫不及待地要把这件演示样品买回去。

威廉姆斯笑着说:"先生们,我早就告诉过你们,今天我不是来卖东西的,是因为我的车上现在没有这种水下搜鱼器,但你们去任何一家大型零售店都能买到我们的这个产品,如果你们需要的话,我可以给你们一份当地的经销商名单。"

这时,旁边围观的人群里有人喊道:"顺便也给我一份吧!"

威廉姆斯问道:"先生,你也是钓鱼爱好者吗?"

"是的,"那位先生回答道,"我不仅想要一个水下搜鱼器,还想重新买一支好点的钓鱼竿,你能为我介绍一下吗?"

"乐于效劳。"接下来,威廉姆斯又热情地给人们介绍了他们公司生产的其他产品。

炼智 威廉姆斯不放过任何一个推销的机会,不管是在加油站,还是在男厕所,只要发现了自己的目标对象,就会积极主动地向他们展开推销。这种"见缝插针"的推销智谋,屡屡斩获订单。

悟道 我们每个人都随身携带着一面看不见的镜子,镜子的一面写着"积极心态",另一面写着"消极心态"。一个怀有积极心态的人并不否认消极因素的存在,他只是学会了不让自己沉溺其中。一个积极心态者常能心存光明远景,即使身陷困境,也能以乐观的态度创造机会去打拼未来。积极心态能使一个懦夫成为英雄,从心志柔弱之人变为意志坚强者。

推销了四年的面包

杜福诺是一家高级面包公司的推销员。他经过一番缜密的市场调查以后,发现纽约的一家大饭店的面包需求量是最大的,于是,他非常想把自己的面包推销给这家饭店。

然而,不幸的是,这家大饭店在很早以前就已经有了固定的面包供应商,而且在一起合作了很多年,关系非常紧密,几乎达到了牢不可摧的程度。杜福诺要取而代之,从中分一杯羹,其难度显然是不言而喻的。他的同事们知道了他的这个想法以后,都觉得他是在异想天开,纷纷劝他换一个推销对象。有的人甚至还直截了当地对他说:"不要做无用功了!要知道,每年都会有数不清的面包推销员去拜访这位老板,但是没有一个能够成功!"

但是杜福诺却相信自己一定能够做到,尽管所有人对他的这次推销都抱着悲观的看法,但他却始终坚持去做,没有放弃。

第一次去拜访饭店老板的时候,杜福诺果然遭到了失败。那位老板非常有礼貌地告诉他:"杜福诺先生,在十年之内我是不打算更换面包供应商的,所以请你还是不要白白浪费宝贵的时间了,重新寻找客户也许会更好一些。"

饭店老板的这番话并没有打消杜福诺的念头,相反,他更加执着了。每隔一段时间,杜福诺就会去拜访这位饭店老板一次,虽然每次都会遭到拒绝,但他还是依然如故。而且,每当这位老板举行各种社交聚会的时候,杜福诺的名字总是会出现在来宾的名单里。为了做成这笔生意,杜福诺甚至一度还在这家饭店租了一个房间,在那里住了很长一段时间。

但是,尽管杜福诺想尽了各种办法,最终还是没有得偿所愿。在一次拜访的过程中,那位饭店老板甚至还苦口婆心地劝他:"杜福诺先生,这些年来你一直坚持向我推销你的面包,但是我却总是拒绝你,到现在,连我自己都不好意思再拒绝你了。但是,我已经跟你说了很多次了,我们不缺面包供应商,你再来拜访我几百次,恐怕也不会得到你想要的结果,何必呢?请你不要再来拜访我了,我相信你一定能找到更好的客户。"

杜福诺没有被他说服,而是回答道:"先生,我知道你今天或者不需要新的面包供应商,但是明天呢?也许有一天我们能够开始合作,我正期待着这一天。"

看到杜福诺这么固执,那位饭店老板也只好摇摇头,不再说什么了。

就这样,杜福诺一如既往地坚持向这家大饭店推销了四年,但他的面包却一直没有卖出去。

后来,杜福诺开始改变策略,开始研究有关人际交往的知识。他决定找到那位饭店老板的兴趣和爱好,以他最关心、最感兴趣的事情为切入点,来打动他,让他重新考虑面包供应商的事情。

经过了解以后,杜福诺发现,原来这位饭店老板是美国饭店业协会的一名会员,还是这个组织的主席,并且还兼任了国际旅店业联合会的会长。他对饭店业协会非常用心,怀着百分之百的热情,只要是有关这个协会的事情,他都会在第一时间进行处理。每次不管是开会还是举行什么活动,他都会毫不犹豫地抽时间去参加,就算工作再忙、自己再累,也绝对不会缺席。

于是,杜福诺下一次去拜访他的时候,就开始询问他有关饭店业协会的事情,而且还对这个协会表现出了浓厚的兴趣。看到杜福诺对饭店业协会这么感兴趣,那位饭店老板一下子激动了起来,把他当成了自己的知音。更令杜福诺惊讶的是,他竟然花了半个小时的时间和自己聊饭店业协会的事情。要知道,在这之前,杜福诺来拜访他的时候,时间最多只是五分钟。而且,在此次谈论的过程中,那位饭店老板一直充满热情、精神百倍。他详细地讲了美国饭店业协会的历史、现状还有未来发展前景,还一直在劝杜福诺加入这个协会。杜福诺告辞的时候,那位饭店老板仿佛还意犹未尽。

在这次拜访的过程中,杜福诺没有提到关于面包的半个字。但是过了没几天,那家大饭店的一位食品部经理就给他打来了电话:"杜福诺先生,如果你有时间的话,能不能抽空把你的面包货样和报价单送过来?"

杜福诺简直不敢相信自己的耳朵:"什么?你的意思是贵公司已经同意我做你们的面包供应商了?"

"是的,恭喜你,杜福诺先生。"那位经理回答道,说完还特意加了一句:"我们老板亲自做的指示,我想,他一定是被你打动了。"

杜福诺和这位饭店老板打了四年的交道,无数次拜访他、参加他举办的活动、租住他的饭店……几乎所有的方法都用尽了,一门心思地想把自己的面包推销给他,但却一直没有成功。但是用"饭店业协会"这块敲门砖却成功地敲开了他的大门。想一想,要不是杜福诺找到了那位饭店老板的兴趣所在,也许现在还在和他软磨硬泡毫无所获呢!

炼智 花了四年的时间都没能推销出去的面包却只用了半个小时就搞定了,秘诀在哪里?显而易见,是杜福诺"投其所好"的计谋奏效了。轻拨客户的兴趣共振点,瞬间拉近彼此的距离,也就缩短了推销路程,订单就是自然而然的事了。

悟理 世界上很少有一蹴而就的奇迹,只有慢慢积累才能探索到成功的路径,量变最终引起质变。

一步步的积累,还能让你获得成就感,鼓舞你,激励你,让你得到不断和困难作战的勇气和动力,最终经过长途跋涉到达成功的彼岸。

巧妙推销草图

威尔森·史密斯是一位推销员，在一家设计公司负责推销画家们设计出来的草图。这些草图是专门为服装设计师、服装制造商设计的花样。一位在时装界十分出名的服装设计师自然而然地成为了他的推销目标。他接二连三地去拜访他，希望把自己的草图推销给这位设计师。

但是，尽管每隔一段时间就去拜访这位服装设计师已经成为了威尔森·史密斯的必修课。然而，令他失望的是，整整一年的时间里，任他费尽了口舌、跑断了腿，那位服装设计师连一张草图都没有从他这里买过。

奇怪的是，那位服装设计师虽然眼光独到，似乎有些看不上威尔森·史密斯推销的那些草图，却每次都会客客气气地招待他，让他到自己的工作室里待一会儿，和他交流一下关于草图的一些看法。威尔森·史密斯想，这到底是出于什么原因呢？是因为这位服装设计师性格好，待人和蔼可亲又有耐心吗？答案显然不是这样的。至少，那位服装设计师对威尔森·史密斯以外的其他推销员一直都是冷眼视之的，更不用说把他们请进工作室里招待他们了。

那么，唯一的一个原因就是在自己推销的草图里有他非常感兴趣的东西，只是这些东西还没有重要到令他不惜花费大笔的钱把它们买下来的程度。联想到每次那位服装设计师都会认真地翻看他推销的草图，然后摇摇头说"不行，威尔森·史密斯，这些还不是我想要的，我们今天谈不成了"时遗憾的样子，威尔森·史密斯更加确定自己的这个判断是对的。

于是，威尔森·史密斯开始投入精力去研究自己到底失败在哪里。算起来，从威尔森·史密斯干上推销这一行开始，他已经先后经历了成千上万次失败，他总觉得自己的失败是由于过于刻板、墨守成规、不懂得灵活变通而导致的。于是，他开始琢磨新的推销方法。过了一段时间，经过冥思苦想以后，威尔森·史密斯终于找到了一种能够打动那位服装设计师的推销策略。

第二天，威尔森·史密斯从画室里随手拿起几张画家们即将完工的草图，带着它们来到了那位服装设计师的工作室。

"先生，如果你的时间宽裕的话，我想请你帮我一个小忙。"威尔森·史密斯对那位服装设计师谦逊地请求道。

设计师说道："威尔森·史密斯先生，我们差不多已经是老朋友了，如果你有什么需要我出力的地方，就尽管开口吧！只要我力所能及，一定不会拒绝你的。"

威尔森·史密斯拿出了那些草图，递给设计师，说道："这是几张还没有完工的设计草图，我想问问你，怎么把它完成才能符合你的要求呢？"

那位服装设计师一听，立刻抬起头来惊讶地看着威尔森·史密斯。面前的这个年轻人已经花了将近一年的时间来向他推销草图，但这还是他头一次不为推销而来，而是为了征求他对这些草图的建议，而且，还是这么的迫切。设计师意识到了威尔森·史密斯身上所发生的细微变化，于是，他非常认真地看了看那些草图，然后对威尔森·史密斯说："这些草图暂且放在我这里吧，五天以后再来找我。"

威尔森·史密斯听了设计师的话以后就告辞了。这之后，他度过了忐忑不安的五天，每一天都如同热锅里的蚂蚁一样。五天以后，他按时来到了那位服装设计师的工作室。看到草图的那一瞬间，他的眼睛一下子亮了起来，看得出来，这位设计师对这些草图是下了大工夫的，从构图，到色彩搭配，再到风格，他都提出了很多中肯的意见。

威尔森·史密斯对那位服装设计师表达了自己真诚的谢意以后，就带着草图回到了公司。他原汁原味地把服装设计师的意见传递给了画家们。后来，画家按照那位服

推销困局的奇趣故事

装设计师的意见对那些草图进行了修改、完善,使它们成为了一幅幅出色的作品。

等到威尔森·史密斯带着这些完成了的草图再次来到设计师的工作室的时候,那位服装设计师立刻爱不释手、赞不绝口。结果当然可以想象,那位服装设计师不但把这些草图全买下了,而且还与威尔森·史密斯开始了长期的合作。

后来,威尔森·史密斯认真地总结了自己在这个过程中得到的经验,他坦诚地说道:"直到那时,我才恍然大悟,知道了为什么这么长的时间我都无法从他这里拿到一张订单。在此之前,我只是一味地催促他购买我认为他应该购买的东西,但实际上,他对这些东西并不感兴趣,所以当然也不会去买它们。可是现在我的做法恰恰相反,我鼓励他把自己的想法交给我,让他参与到制作草图的过程中。现在他认为这些草图在很大程度上是由他自己创造出来的,是他的思维和智慧的结晶,因此,我不必再去费尽心思地向他推销,他自己就会购买了。"

炼智 威尔森·史密斯的草图,虽然有着令服装设计师感兴趣的元素,但是也存在不少的瑕疵。于是,威尔森·史密斯"抛砖引玉",把这些草图交给那位服装设计师,请他来对它们进行完善,使这些草图成为令他满意的设计。而且,客户参与度越高,越有认同感,就越有一种做主人的感觉,这时,推销成功也就水到渠成了。

悟理 认真做事只能把事情做好,用心做事才能把事情做成功。

用心是成事的根基。对于一个人的成长而言,注注是用什么样心就能成就什么样的事,用多大心才能成就多大的事。要知道,机遇只会被用心的人把握住。因此,哪怕是一件看起来似乎微不足道的事,也要全力以赴地用心去对待,才能收获丰盈的果实。

梦想成真的水晶大教堂

在美国的加利福尼亚州屹立着一座富丽堂皇的水晶大教堂,多少年来,这座教堂吸引了世界各地的游客们远渡重洋来欣赏它的美丽。然而,世人往往只看到了它的晶莹剔透,却不知道这座水晶大教堂是如何建成的。其实,在这座教堂胜景的背后,隐藏着一个不可思议的传奇故事。

1968年,一个叫做罗伯·舒乐的博士突发奇想,想要在加利福尼亚州建一座全部用玻璃搭建而成的水晶大教堂。那一瞬间,他被自己的这个想法震撼了,想象中的这座水晶大教堂的美丽令他心旷神怡、殷切憧憬。激动万分的他找到了自己的朋友、建筑设计师菲利普·约翰逊,兴致勃勃地向他描述了自己这个不可思议的构想。但令他失望的是,菲利普·约翰逊认为他在异想天开,狠狠地给他泼了一盆凉水:"罗伯,要知道,这是一项根本不可能实现的结果!相信我,这个工程实在是太浩大了,不是我们能够承受得起的。"他煞费苦心地劝罗伯·舒乐趁早打消这个念头。

但菲利普·约翰逊的话并没有令罗伯·舒乐清醒过来。他问菲利普·约翰逊:"你不必再劝我了,我已经打定主意了。现在,我只问你一个问题,告诉我,从建筑学的角度来说,这个工程是不是具有可行性?"

菲利普想了想,对他点点头。

"这就足够了,那么,接下来的就是钱的事情了。"罗伯·舒乐说完就转身离开了。

他更加狂热地投入到了这项工作中。经过详细而缜密的核算之后,罗伯·舒乐发现修建这座水晶大教堂所需的费用大概有700万美元。这个数字远远超过了他的承受能力,实际上,当时的他囊中羞涩,不文一名,是个彻头彻尾的穷光蛋。

得知他的这个想法的人们几乎都认为他疯了,纷纷劝他打消这个不着边际的想法,没有人认为他能够做到,然而,尽管得不到任何支持,罗伯·舒乐仍然坚持己见。

经过一番思索后,他想出了一个巧妙的办法,他在一张纸上写下了"700万美元",把这当成自己要达到的结果,然后又在下面列出了自己应该采取的行动:

1.寻找 1 笔 700 万美元的捐款。

2.寻找 7 笔 100 万美元的捐款。

3.寻找 14 笔 50 万美元的捐款。

4.寻找 28 笔 25 万美元的捐款。

5.寻找 70 笔 10 万美元的捐款。

6.寻找 100 笔 7 万美元的捐款。

7.寻找 140 笔 5 万美元的捐款。

8.寻找 280 笔 2.5 万美元的捐款。

9.寻找 700 笔 1 万美元的捐款。

10.卖出教堂 1 万扇窗户的署名权,每扇 700 美元。

现在,这个结果看起来并不那么遥不可及了,于是罗伯·舒乐就开始了自己的行动。他摇身一变,成了一个推销员,一个推销水晶大教堂的推销员。他到处演讲,热情洋溢地向人们讲述自己的这个想法。大部分人在听到他的演讲以后都会摇摇头走开,但也有一些人被他的梦想打动了。两个月后,罗伯·舒乐终于募集到了第一笔资金——富商约翰·科林被水晶大教堂奇妙而又充满创意的造型打动了,于是在罗伯·舒乐的卖力劝说之下,他捐出了第一笔钱,一共是 100 万美元。这对于罗伯·舒乐来说可是一笔巨款!这笔钱成了他继续推销水晶大教堂的动力。

又过了五天以后,罗伯·舒乐充满激情的演讲和瑰丽的梦想打动了一对农民夫妇,他们为水晶大教学捐出了 1 000 美元。

到了第三个月的时候,一位被罗伯·舒乐的精神所感动的陌生人,为他寄来了一张 100 万美元的支票。

罗伯·舒乐的事迹很快就传遍了整个美国,许多媒体来采访他,并且用了很大篇幅来报道他的这个水晶大教堂的梦想。这些报道为罗伯·舒乐带来了越来越多的捐款单，这些捐款单来自世界各地，但都是出于同一个原因：他们被罗伯·舒乐的坚持和执着深深打动了，愿意帮助他实现自己的梦想。而且，想一想，有一天，一座水晶大教堂将会竖立在加利福尼亚的某个地方，这该是一件多么美好的事情。

八个月以后，一名捐款者给罗伯·舒乐写来了一封信，他说道："罗伯·舒乐先生，你的梦想令我十分感动，我想起了在我年轻的时候也曾有过一些不可思议的梦想，但都迫于现实的压力而未曾实现。现在，我愿意为水晶大教堂贡献绵薄之力。如果你的努力和坚持能够募集到600万美元，那么，我将非常乐意承担剩下的那100万美元。"

到了第二年春天的时候，罗伯·舒乐又以每扇窗户500美元的价格，请求大众认购水晶大教堂的窗户。认购的人可以分期付款，只需要每月花50美元坚持十个月，就能够拥有水晶大教堂的一部分。这笔生意看起来很划算，于是，不到半年的时间里，一万多扇窗户全部推销了出去。

1980年9月，历时12年，全部用玻璃筑成，可以容纳一万多人的水晶大教堂终于竣工了，它成为世界建筑史上的一个奇迹和经典，也成为世界各地前往加州的人必去瞻仰的胜景。而罗伯·舒乐也因为创造了这个难以想象的奇迹而成为美国的全民偶像。

炼智 罗伯·舒乐在推销这座水晶大教堂之前，就已经在心中画好了一张"路线图"。他通过"化整为零"的智谋，把自己的水晶大教堂的大困难进行层层分解，一步步去完成，最终令人不可思议地实现了自己的梦想。

悟智 世界首富比尔·盖茨曾经说过："人类因梦想而伟大。"梦想是前进的动力，更是人生奋斗的灯塔。

然而，面对梦想，有的人让梦想悄然熄灭，最终成为一堆死火；有的人却细心培育、呵护着自己的梦想，直到它们安然度过困难期，发芽、成长，开出美丽而芬芳的花朵。成功从来都是为少数执着于梦想的人准备的。

让"戴安娜王妃"推销珠宝

1981年7月29日,优雅大方的戴安娜穿着白色婚纱与英国王储查尔斯王子携手走进了神圣的婚姻殿堂。那一天,伦敦城里所有教堂的钟声都在上午九点准时敲响,列队整齐、身着华服的英国皇家骑兵仪仗队气宇轩昂地护送着王室的婚礼车队平稳地驶向教堂,沿途挤满了成百上千万的民众,他们都在为这场盛典而欢呼雀跃。英国广播电视公司用33种语言向世界转播了婚礼的盛况,这场婚礼吸引了全世界人们的关注目光。

正当全球七亿多观众都沉浸在这童话般的王子与公主的爱情中的时候,伦敦的一位珠宝店老板却意识到了其中蕴涵的商机。于是,他利用公众对这场婚礼盛典的关注,精心策划了一次广告宣传,使自己的珠宝生意一时间火遍了整个伦敦。

这名珠宝店老板先是费尽心思地找到了一位五官长得非常像戴安娜王妃的模特,让她穿上戴安娜王妃经常穿的衣服,还特意找发型设计师为她设计了戴安娜王妃的发型。这样,如果只从外观上来看,那个模特与戴安娜王妃简直就像是一个模子里刻出来的。但是,珠宝店老板总觉得有些不对劲,后来他才意识到,远看虽然已经有了八九成的肖似程度,但走近了以后,就会发现她与戴安娜王妃之间存在的一些细微差异,因为她的身上并不具备戴安娜王妃的那种独特而又迷人的气质。

为了让这个模特看起来更像戴安娜王妃,珠宝店老板投入重金找了一位时尚教练,来对这个模特进行气质、神态上的严格培训。过了一段时间以后,这个模特几乎可以以假乱真了。看到自己精心打造出来的这个"戴安娜王妃",珠宝店老板的心

中国青少年智慧阅读书系

139

//// 推销困局的奇趣故事

中暗暗得意,他知道,现在到了实施他的计划的时候了。

一天晚上,这家珠宝店灯火通明,还燃放起了五彩缤纷的烟花,老板穿着笔挺而又华贵的衣服,精神抖擞地站在店门口,就像是在等待着一个非常重要的贵人的光临。

来来往往的人们看到了这家珠宝店摆出的大阵势,顿时被吸引了。很快,店门口就聚集了一批人,他们都在饶有兴致地等待着,想看看这个珠宝店老板的葫芦里到底卖的是什么药。

到了晚上八点钟的时候,一辆高档汽车从远处缓缓驶了过来,最后停在了珠宝店门口。汽车上先是下来了一位穿着黑色西服的侍从,他毕恭毕敬地打开车门,迎出了一位气质优雅、美丽大方的女士。周围的人群顿时像炸了锅一样沸腾了起来,从汽车上下来的竟然是刚刚大婚不久的戴安娜王妃!

戴安娜王妃从容地从汽车里走下来,露出了自己一贯的温和笑容,还对着人们轻轻点头致意。人们兴奋地欢呼起来,还热烈地鼓起了掌。这时,周围的人们看到这个场景,像潮水一般涌了过来,大家都想一睹戴安娜王妃的风采。

这时,珠宝店老板笑容可掬地迎了上来,恭恭敬敬地把戴安娜王妃请进了自己的店里。戴安娜王妃在珠宝店里悠闲地踱着步,观看着那些熠熠生辉的珠宝。珠宝店老板彬彬有礼地为戴安娜王妃介绍项链、耳环等精致的首饰,戴安娜王妃非常满意,一边微笑着,一边挑选了几件漂亮的首饰。

与此同时,戴安娜王妃光顾这家珠宝店的消息已经传遍了整个伦敦城,电视台记者们也蜂拥而至,他们的摄像头把戴安娜王妃挑选首饰的场面记录了下来。有人甚至还想趁这个机会采访一下戴安娜王妃。珠宝店老板一看有些慌了手脚。因为这个"戴安娜王妃"可不是前几天风风光光地嫁给查尔斯王子的那个戴安娜王妃,而是那个长得酷似她的模特假扮的!要是有人采访她,那岂不是就穿帮了?于是,他派人把那些记者请了出去,这才化险为夷。

第二天,几乎英国所有的电视台都在黄金时间里播放了这段新闻录像。为了把戏做足,珠宝店老板还花钱打点了那些电视台,让他们在播放新闻的时候不要加一句解说词。这条新闻使整个伦敦城都轰动了,那些认为自己亲眼见过"戴安娜王妃"的人都在津津乐道地给家人、朋友讲述"戴安娜王妃"的美貌与气质。崇拜戴安娜王妃的人们纷纷找到了这家珠宝店,疯了一般地抢购"戴安娜王妃"称赞过的那些首饰,尤其是"戴安娜王妃"购买的那几款,更是成了很快就脱销的抢手货。这家珠宝店几乎每天都会挤满慕名而来的消费者,生意因此而兴旺了起来,短短几天里,营业额就远远超过经营多年的总和。

当然,这条新闻也传到了英国皇室,皇室发言人赶忙发表了郑重声明,表示:"戴安娜王妃近期一直住在位于白金汉宫的家中,根本没有去过那家珠宝店。"对此,那位珠宝店老板却回应道:"那位女士是我们店里的贵宾级会员,我们并没有说她是戴安娜王妃,只是围观的人们想当然地把她当成了戴安娜王妃而已。"

炼智 珠宝店老板采用了三十六计中的"瞒天过海"一计。他以伪装的手段,制造了一个公开的假象,瞒过了围观者的眼睛,让他们都把那个模特当成了戴安娜王妃。瞒天过海的关键在于"瞒",瞒得过则大功告成,瞒不过则弄巧成拙。而珠宝店老板却寓暗于明,寓真于假,最终达到了出奇制胜的目的。

悟理 不愿意开动脑筋的人永远无法触摸到成功的翅膀。只有善于动脑的人才能获得机会的青睐。

如果适时捕捉创意的闪光,那么,很多问题就会迎刃而解。创意就像是刹那间绽放的花朵,芬芳无比,更像是夜幕中的灵光闪电,光芒万丈。让创意照亮你的生活,未来的道路就会更加通畅。

赚得第一桶金

如今,贴着"Dell"标志的电脑在市场上开拓了一片广阔的天地,戴尔电脑已经成为了无人不知的著名品牌。而在这个瞬息万变的信息时代里,戴尔电脑公司的创始人迈克尔·戴尔,也凭借着自己开创的独一无二的网上直销模式成为名噪一时的风云人物。在信息产业密集的美国硅谷,提起迈克尔·戴尔的名字,没有人不赞赏万分,就连微软总裁比尔·盖茨都对他敬佩不已,甚至还亲自上门拜访他,与他谈笑风生。但是,你知道吗?迈克尔·戴尔今日所取得的成功与他早年的推销经历是密切相关的,在推销过程中学到的东西为他后来在商界的成功奠定了坚实的基础。

1981年,当迈克尔·戴尔16岁的时候,他就开始干起了推销。那年夏天放暑假的时候,他找到了一份工作——为《休斯敦邮报》推销报纸、争取更多的订户,没有报酬,只能从销售出去的报纸中获得提成,推销的报纸越多,他得到的提成也就越多。为此,迈克尔·戴尔动起了脑筋,想方设法进行推销。

当时,《休斯敦邮报》交给他一个足足有几本书那么厚的电话号码本,让他挨家挨户打电话去向顾客推销这份报纸。一开始,迈克尔·戴尔按照报社的这种"笨"方法进行推销。每天早上,吃过早饭以后,他就拿着电话本坐在电话机旁边,从"A"开始给那些电话号码打电话,一打就是一天。但是,尽管他非常努力,这样做的效果却并不明显,要么是电话根本打不通,要么就是对方一听到他是推销报纸的就立刻把电话挂掉,更有甚者,还有人对他冷嘲热讽、埋怨他打扰了自己。最初的那段日子里,迈克尔·戴尔屡屡碰壁,不但没有推销出去几份报纸,反而还备受打击,让他忍不住有些心灰意冷。

　　经过一段时间以后,迈克尔·戴尔意识到这样的推销方法是根本行不通的,不但浪费时间而且还收效甚微。于是他开始想其他的方法,比如走街串巷去推销、到住户家里敲门推销、向路人介绍《休斯顿邮报》等等。迈克尔·戴尔是个用心的人,在推销过程中,他逐渐发现,虽然有很多人一见到推销员就会避之唯恐不及,但有两种人却几乎一定会订阅报纸,一种是刚刚新婚不久的,另一种则是刚搬到新家的。新婚的快乐和乔迁的喜悦让他们的情绪十分高涨,而且愿意主动接受更多的信息,因为他们认为这会帮助他们更好地融入到新生活中,因此,对于报纸他们并不排斥,反而抱着一种接纳的心态。

　　于是,迈克尔·戴尔就把自己的目标锁定在这两种人身上。那么,怎样才能更好地实现自己的推销目的呢?通过认真的调查以后,他发现情侣们在结婚的时候必须要去法院登记,其中,家庭地址是必须填写的一项内容。而对于那些刚刚搬到新房子的人,有些公司会按照住房贷款额度整理出贷款申请者的名单,住房地址当然也在其中。

　　发现了这两点以后,迈克尔·戴尔立刻振奋了起来。他费尽心思通过各种各样的途径得到了周围地区这两种人的家庭住址,直接给他们写信,向他们提供订阅《休斯顿邮报》的资料。一时间,迈克尔·戴尔的推销资料堆满了那些目标客户的邮箱。

　　结果果然在迈克尔·戴尔的意料之中,人们看到了他的推销资料以后,对《休斯顿邮报》很感兴趣,于是纷纷给他回信,答应订阅这份报纸。通过这个办法,迈克尔·戴尔推销的报纸终于打开了销路。

　　有些客户在订阅了一段时间的报纸以后,就会停止订阅,这些流失客户的数量不是一个小数目。这令迈克尔·戴尔大伤脑筋。为了维护与这些客户之间的关系,迈克尔·戴尔又想办法搜集了他们的生日、家人的生日、结婚纪念日等信息,并一一记录在自己的笔记本上,每当这些日子来临的时候,他就会提前一天给节日中的人们写信问候,送上自己真诚的祝福,有的时候随信还会寄上一份精挑细选的礼物。礼

推销困局的奇趣故事

物虽小，但却代表着他的诚意和祝福。试问，谁收到这样的问候和礼物不会备受感动呢？人们由此记住了这个与众不同的报纸推销员，成为了他的忠实客户，他的报纸销售也因此越来越红火。

通过推销报纸，迈克尔·戴尔只用了不到一年的时间就赚到了18 000美元，这是他人生中的第一桶金。推销报纸的这份经历不但让他获得了丰厚的报酬，而且还为他以后的创业积累了许多经验，他的"市场细分战略"正是从这时开始萌芽的。

上了大学以后，迈克尔·戴尔爱上了电脑，他用一个推销员的眼光发现了当时市场上流行的电脑销售体制中存在的许多不足与缺陷。他瞄准了这个市场空白，开始白手起家做起了电脑销售生意。后来，他成立了戴尔电脑公司，创立了直销模式，把产品直接推销给大众，向大家提供他们所需要的机型、配置的电脑。由于没有店铺和大量的库存产品，戴尔电脑公司的成本比其他公司低很多，所以能够提供价格十分低廉的电脑，他的生意越做越大，最终成为市场上的翘楚。

炼智 作为一个推销员，当然希望所有人都能够购买自己的产品，但这却是不切实际的幻想。迈克尔·戴尔细分市场之后，开始采用了"瞄准一点，集中发力"的策略，把自己的时间和精力投入到那些有购买倾向的目标客户身上，这是他最终能够获得成功的一个重要原因。

悟理 有句古话说得好，"世事洞明皆学问，人情练达即文章。"人生包罗万象，世事如白云苍狗般瞬息万变，想要在人世间的喧嚣中保持一份难得的宁静，在纷繁复杂的世事里游刃有余，在平凡中成就一番事业，就一定要做到两个字——用心。"不管我们做什么事情，一定要让我们的心先到达那个地方。"那么，你呢，你的心到达彼岸了吗？要知道，心在哪里，成功就在哪里。

把冰卖给爱斯基摩人

汤姆·霍普金斯曾经连续八年获得了全美国房地产行业的销售冠军,独立负责过1996年亚特兰大夏季奥运会的全球推销计划,并且获得了丰硕的果实。现在,他每年都会参加全球近百次研讨班,向那些希望像他一样拥抱成功的人传授推销技巧,分享自己一生的经验与教训。他被称为"世界上最伟大的推销大师"。

汤姆·霍普金斯的父亲和天底下任何一个父亲一样,都有一个望子成龙的愿望。律师在美国是一份非常体面而且薪水丰厚的工作,因此,汤姆·霍普金斯的父亲希望他长大以后成为一名维护正义、受人称赞的律师。为此,他还为汤姆·霍普金斯选择了一所律师学校就读,为了供儿子上学,他几乎花光了自己毕生的积蓄。

但是,做律师并不是汤姆·霍普金斯的愿望,他讨厌整天背诵那些枯燥的法律条文。于是,他在学校里经常调皮捣蛋,时不时地还会旷课、逃学,让老师们头疼不已。最后,他的顽劣终于惹怒了学校,被勒令退学。

汤姆·霍普金斯知道自己犯了大错,只好垂头丧气地回到家里。他想,等待自己的肯定是父亲无休止的呵斥和严厉的责罚。出人意料的是,得知他退学的消息后,父亲并没有像他想象的那样大发雷霆。父亲的眼里溢满了泪水,他失望地摇了摇头,说道:"汤姆,我对你实在是失望透顶。你整天吊儿郎当是不会获得成功的。"

父亲的这番话让汤姆·霍普金斯十分难受,他暗暗下定了决心:以后一定要好好努力,做出一番事业,不能再让父亲失望了。

被学校开除以后,汤姆·霍普金斯就到一个建筑工地去做工,每天搬运钢筋。这份工作不但辛苦,薪水也少得可怜。干了没多久,他就辞了这份工作。他相信自己一定能找到更好的谋生方式,于是他开始尝试推销,成为了一家房地产公司的推销员。

汤姆·霍普金斯天生就具有做推销员的天赋,而且机缘巧合他还参加了世界第一激励大师金克拉的一个培训课程。这个培训课程只有五天,但却成为汤姆·霍普金斯的人生转折点。在这里,他不但学到了很多行之有效的推销方法,而且还获得了一种信念——永不言弃,坚持不懈,就会等到人生的转机。这种信念一直支撑着他,帮助他获得了最终的成功。

汤姆·霍普金斯非常善于运用自己的智慧。一次采访中,一名记者给他出了一道难题:怎么才能把冰卖给爱斯基摩人?并要求他当场展示一下推销过程。

众所周知,爱斯基摩人生活在北极圈内,那里天寒地冻,铺满积雪,到处都是冰,就连他们的房子都是用冰做的。对于他们来说,冰是最丰富的资源,他们又怎么会需要从别处购买冰呢?这个问题实在是太难了。但是汤姆·霍普金斯并没有畏难,他接受了这个挑战,于是就有了这则家喻户晓的推销故事:

汤姆·霍普金斯:你好,很高兴见到你!我叫汤姆·霍普金斯,是一名推销员,我推销的产品是北极冰,希望能够给我几分钟的时间向你介绍一下北极冰,它一定会给你和你的家人带来许多好处。

爱斯基摩人:这听起来实在是太有趣了。我听说过这种产品,看上去似乎还不错,但是我不需要冰。如果我们要用的话,随手就可以挖一大块,而且一分钱都不用花。

汤姆·霍普金斯:是的,先生,我知道这一点。但是你应该知道,重视生活品质是很多人对我们这种产品产生兴趣的主要原因,而我一看到你,我就知道你一定是一位重视生活品质的人。我想你和我一样,都知道价格和质量是有关系的,那么,你应该知道为什么你现在得到的冰是不花分文的吧?

爱斯基摩人:那自然,因为这里到处都是,想要多少就有多少。

汤姆·霍普金斯:对,你说得非常正确。你现在所用的冰是就地取材的,它们就在这里,对吧?可是,先生,此刻你往周围看一看,在冰上站着的不只是你和我,还有那边,那应该是你的邻居吧?他正在冰上清理鱼的内脏。更远的地方,还有北极熊,它们的爪子就踩在冰上,随意践踏。再看看,这里还有其他动物留下的脏东西。现

中国青少年智慧阅读书系

在,请你想一想,这样的冰,真的可以吗?

爱斯基摩人:不,我宁愿不去想它。

汤姆·霍普金斯:所以现在你应该知道了,这就是为什么这里的冰根本不用花钱的原因。但是,你真的能说它是合算而又实惠的吗?

爱斯基摩人:对不起,我现在突然感觉有些不太舒服。

汤姆·霍普金斯:我理解。要是我的肚子里有这种没有人看管的冰,我也会觉得不舒服的。

爱斯基摩人:但是我们已经对冰进行消毒了。

汤姆·霍普金斯:是的,在食用之前,你一定会先消毒,那么,你是怎么进行消毒的呢?

爱斯基摩人:煮沸,这样就可以杀菌。

汤姆·霍普金斯:是的,但是,煮完以后又能得到什么呢?

爱斯基摩人:水。

汤姆·霍普金斯:别再自欺欺人了,这不过是在浪费时间而已。现在,要是你愿意在我的这份协议上签上你的名字,今天晚上,你和你的家人就能享受到最可口的、加有绝对干净卫生的北极冰块的饮料了。对了,你也可以顺便问一问你那位正在清理鱼内脏的邻居,看他是不是也想享受北极冰带来的益处呢?

炼智 把冰卖给爱斯基摩人,看上去似乎是没有丝毫可能的任务,但是汤姆·霍普金斯却做到了。其实,他所采用的方法很简单,那就是"设身处地"。他把自己放在爱斯基摩人的立场上,考虑他们的生活现状以及需要,并对症下药地进行推销,自然就能够一针见血地命中爱斯基摩人的所思所想。

悟理 成功的人绝对不会放弃,放弃的人绝对不会成功!
难题横在眼前,要把自己看成是一头狮子,而不是孱弱不堪的羔羊,在狮子的思想里从来就不存在"不可能"和"我不行"等字样,坚持到底就会获得成功。

把斧子卖给美国总统

2001年5月20日,在美国推销界发生了一件非常轰动的事情,一位叫做乔治·赫伯特的推销员,竟然将一把生了锈的老斧子推销给了当时的美国总统布什。这个消息如同插了翅膀一样,很快就在推销界沸沸扬扬地传播开来,人们都很好奇,想知道他是怎么做到这一点的。

其实,这件事还应该从布鲁金斯学会开始说起。

布鲁金斯学会以培养世界上最杰出的推销员而享誉世界。它创立于1972年,经过几十年的发展,如今已经成为了美国最著名的智库之一。由于其规模之大、历史之久远、研究之深入,称它为美国"最有影响力的思想库"也并不为过。

布鲁金斯学会有一个多年以来形成的传统:在每一期学员毕业的时候,都会设计一道最能考察推销员能力的考题,让学生们去独立完成,完成这个考题的人,可以获得布鲁斯金学会最高的奖项——"金靴子奖"。

克林顿总统当政时期,布鲁金斯学会出的考题是:把一条三角内裤推销给克林顿总统。在克林顿执掌美国政权的八年时间里,布鲁金斯学会的学员如同流水一般换了很多届,每一届学员都会向这个难题发起挑战,然而,虽然他们想尽了办法,最终却都没有获得什么成果。直到克林顿总统卸任的时候,也没有人能够做成这件事。

2001年,美国总统换届以后,布鲁金斯学会就把考题改成了把一把斧子推销给布什总统。其实,到那时为止,完成布鲁金斯学会所出的这些高难度考题的人也不过只有一名学员。1975年,这名学员把一台小巧而精致的录音机推销给了美国第

37任总统尼克松。在此之后的漫长时间里,就没有学员取得过成功。因此,几乎全美国的推销员都以解开这个推销难题为荣。对于这次换的新考题,学员们当然也是倍感兴趣,为此绞尽了脑汁。

当然,由于这个考题实在是太难了,也有不少学员知难而退,打了退堂鼓。有的学员甚至断言说,这道毕业考题一定会像把内裤推销给克林顿总统一样无人能解。因为,身为美国总统,布什肯定什么都不缺,即使是缺什么,也早就有人为他打点好,怎么会让他亲自购买呢?更何况,要推销给他的还是一把斧子,美国总统怎么会需要一把斧子呢?再说,就算他真的需要一把斧子,而且也亲自去购买,又怎么会恰巧赶上你去推销的时候呢?总而言之,这是一件根本就不可能完成的任务。在这样的论调之下,渐渐地,很多人都放弃了。

然而,令人不可思议的是,现在竟然真的有人成功地完成了这件"不可能完成的任务",这个人就是乔治·赫伯特。听闻这个消息以后,布鲁金斯学会的上上下下都为之沸腾了,学员们对此惊讶不已,他们不知道乔治·赫伯特究竟用了什么神奇的方法,竟然能够将一把看上去毫无用处的斧子推销给美国总统。

其实,乔治·赫伯特并没有花多大功夫。在接受记者采访的时候,他说出了自己推销的整个过程:

"虽然很多人认为把斧子推销给布什总统简直就是无稽之谈,但我却始终相信,这件事是完全有可能的。我从媒体上了解到,布什总统热爱大自然,并且在德克萨斯州有一家农场,他在那里种了很多树。我想:'既然种了很多树,那么,他肯定需要一把斧子修理那些树吧?'于是,我给布什总统写了一封信,在信里我说:'我曾经特别幸运地参观过您的农场,发现农场里种的最多的树是矢菊树,我想您一定非常喜欢这种树。但是,不幸的是,不知道是因为缺水还是其他什么原因,有一部分矢菊树已经死掉了,木质因此变得松软起来;还有的矢菊树的树枝干枯了。现在如果不把那些干枯的树枝砍掉的话,也许整棵树都会死掉。我觉得您需要一把斧子,但是,以您目前的体质来说,普通的斧子显然太轻了,因此,您不妨买一把老斧头。恰好我这里有一把,这是我的祖父留给我的,他生前就经常用这把斧头砍掉枯树的枝杈,我想它一定也会适合您。如果您对这把斧头感兴趣的话,可以按照信里所留的信箱给我回复。'显然,我的这封信打动了布什总统,后来,他就给我寄来了15美元,购买了那把老斧头。"

得知这个消息以后,布鲁金斯学会把"金靴子奖"授予了乔治·赫伯特,在金靴子上刻有"最伟大的推销员"的字样,这是无数人梦寐以求的一个嘉奖。在表彰他的时候,布鲁金斯学会说:"自从1975年以来,'金靴子奖'已经空置了26年。在这26年的时间里,布鲁金斯学会培养了数不胜数的优秀推销员,造就了成百上千的百万富翁,但是这只金靴子并没有授予他们。这并不是因为他们不够优秀,而是因为,我们更希望'金靴子奖'的获得者是这样一个人:他从不因为别人说某个目标不可能实现而放弃,从不因某件事情难以实现而丧失信心。"

炼智 当几乎所有人都放弃的时候,乔治·赫伯特却化"不可能"为现实。他的神话源自了解和单刀直入的勇气。而其他人却败在望而却步,缺乏尝试的勇气和信心,过早地关闭了智慧之门。

悟理 "不是因为有些事情难以做到,我们才失去自信,而是因为我们失去自信,有些事情才显得难以做到。"这句布鲁金斯学会的网站上贴着的格言告诉我们,无论何时,都不要失去信心。

相信自己,就算这件事情是异常艰难的,但你一样能找到成功的金钥匙。相反,如果连最简单的事情都感到无能为力,那么,你就一定落败而归,因为此时即使是矮小的山丘也会变成不可攀的高山。有信心的人,可以化渺小为伟大,化平庸为神奇。

请把名片还给我

茱莉亚·安妮斯顿是华盛顿一家人寿公司的保险推销员，2008年冬天，她加入了这家公司，到现在已经发展成为公司里数一数二的推销员，为公司带来了无数保单，也为自己赢得了丰厚的报酬。但是，茱莉亚·安妮斯顿的推销道路并不是一帆风顺的，至今她还记得自己的第一份保单是如何争取过来的：

当时，她去拜访一家颇有名气的电子商务公司，这家公司的管理者以严苛而出名，因此，茱莉亚·安妮斯顿的心里不免有一些紧张。更何况，那时的她只是一个刚走上推销之路的新人，还没有卖出过一份保单，这种自卑的情绪更加剧了她内心的紧张程度。就这样，她在经理室门外徘徊了很久以后才下定决心：无论结果如何，都要勇敢地去尝试一下！

进去以后，茱莉亚·安妮斯顿发现经理室里只有一个人，她深呼吸了一下，问道："请问，贵公司的老板在吗？"

"你是谁？"那个人抬起头来看了看她，声音很冷漠，似乎非常不喜欢现在被打扰。

"你好，我是华盛顿洲际人寿保险公司的推销员，这是我的名片。"茱莉亚·安妮斯顿用双手毕恭毕敬地递上自己的名片。

"你是来推销保险的？对不起，你已经是今天第六个来推销保险的，谢谢你，我会慎重考虑一下的，但是我现在非常忙，请你慢走，不送了。"

茱莉亚·安妮斯顿现在才知道原来他就是这家公司的老板。她本来就只是把今天的推销当做是一次演练，并没有指望能够成功地把保险推销出去，因此，听到了他的"逐客令"后,她礼貌地说了一句"对不起,打扰你了",就转身离开了。

但是,走到办公室门口处的时候,茱莉亚·安妮斯顿下意识地回了一下头——要是她在这时没有回头,也许接下来的一切都不会发生了。但是,就在她回头的时候,无意间发现那位老板把自己的名片撕掉了,扔进了一边的垃圾桶里。

这个场景深深地刺痛了茱莉亚·安妮斯顿的心,愤怒一下子涌到了脑子里。此时的她有两种选择:一是离开这里,就当什么也没有看到;二是转身回去,质问那个老板为什么要这么做,向他发泄自己的不满。但茱莉亚·安妮斯顿选择的是第三条路。她走回办公桌前,不卑不亢地对那个老板说道:"实在抱歉,先生,如果你不打算购买我们公司的保险的话,那么,可不可以把我的名片归还给我?"

那个老板吃了一惊,纳闷地问道:"为什么?"

"既然你不打算购买保险,那么我的名片对于你来说是毫无意义的,但对我却不同。那上面印有我的名字和公司名称,我想,它们应该得到足够的尊重,因此我想要回他们。"

那个老板显然没有想到茱莉亚·安妮斯顿对于一张小小的名片竟然如此重视,他只好找了个理由推搪了一下:"对不起,女士,刚才我在写字的时候不小心把墨水弄到了你的名片上,即使现在还给你,恐怕也不能再用了。"

"没关系,只要把它归还给我就可以。"茱莉亚·安妮斯顿说道,态度非常坚决,还看了一眼正在垃圾桶里静静躺着的名片碎屑。

看到她如此固执,那个老板沉默了下来,过了一会儿,他说道:"好吧,既然你非要要回你的名片,那么我就找一个办法来解决它。这样吧!你们印制一张名片的费用是多少?"

"五美元。"茱莉亚·安妮斯顿回答道。

"既然如此,"他打开自己的钱包,从里面找出一个十美元的硬币,递给茱莉亚·安妮斯顿,说道:"小姐,我现在没有五元零钱,这个就算是我赔偿你的名片的费用吧。"

茱莉亚·安妮斯顿看着那十美元硬币,怒火一下子升腾了起来,她很想夺过那

推销困局的奇趣故事

个硬币,然后狠狠地扔到那个老板脸上,但是,她还是努力克制住了自己的愤怒情绪。相反,她非常有礼貌地从那个老板手里接过了硬币,然后从背包里拿出自己的名片盒,从里面抽出一张名片递给那位老板,说道:"对不起,先生,恰好我这里也没有五元零钱,这张名片就算是我找你的钱,请你好好对待它,因为那上面印着的名字和公司都是我十分珍惜的东西。请你记住,这不是一个适合扔进垃圾桶的公司,也不是一个应该扔进垃圾桶的名字。"

说完,她就昂起头来,精神抖擞地离开了这家公司。

谁知道,还没有走远,她的手机就响了起来,是那个老板打来的,在电话里他诚恳地向茱莉亚·安妮斯顿道歉,并请他回到公司商谈购买保险的事情。

那位老板对茱莉亚·安妮斯顿说:"我接触过许多推销员,有的人只是把自己的工作当成是养家糊口的手段,但是你却不同。在你身上,我看到了你对公司的热爱与珍视。我真希望我们公司的每一个员工都能像你这样,愿意为了维护公司的荣誉与利益而战。"

后来,那位老板决定为全体员工投保,购买的当然是茱莉亚·安妮斯顿的保险。就这样,茱莉亚·安妮斯顿成功地拿下了自己人生中的第一份保单。

炼智 为了维护自己和公司的荣誉,茱莉亚·安妮斯顿不惜得罪老板,也要向他表明自己对名片以及名片所代表的那些东西的态度——对自己的尊重、对公司的热爱以及对自己工作的珍惜。她的这种"置之死地而后生"的推销方法,最终不但为她赢得了客户的尊重,还赢得了巨额订单。

悟理 黎巴嫩的一位作家说过:"如果没有你,便没有我之为我;如果没有我,便没有你之为你;如果没有我们,便没有他之为他;如果没有先于我们者,便没有我们;如果没有我们,便没有广阔的世间中的任何一个人。"善待自己、尊重自己是一种积极的人生态度。不知道善待自己的人,也不知道如何善待别人,只有尊重自己的人,才会真正地尊重他人。

"一问三不知"的谈判代表

在很多人眼中,出色的推销员往往是那些说起话来口若悬河、滔滔不绝的人,实际上却并不一定如此。有的时候,那些看上去口舌笨拙,甚至有些"傻笨愚痴"的推销员,反而能够在推销的时候斩获成功。他们故意摆出一种"一问三不知"的愚者姿态,让精明能干的客户成为主动上钩的"鱼",让强硬而善辩的竞争对手彻底失去了警惕,或挫伤其锐气,而自己则顺理成章地成为了"笑到最后"的真正赢家。

在推销界常常被津津乐道的一件中美商界谈判实例,就直接而又形象地说明了这个道理。

有一次,中国的一家航空公司与美国的某大型飞机供应商有意进行合作,中方将从美方那里购进十架大型飞机,但是美国人开出的价格非常高。在洽谈会开始之前,为了能把对方的价格压到最低,中方的三名代表连夜召开了一次会议,对谈判时要采取的策略进行讨论。根据对美国这家公司的情况的详细了解,他们发现,美国派出的几名谈判代表,不但思维异常敏捷、反应速度极快,而且还特别能言善辩,都堪称是优秀的谈判专家。不仅如此,他们还为这次谈判准备了翔实的资料。显而易见,要想从正面与他们对决,无异于硬碰硬,取胜的把握并不太大,相反,还有可能导致两败俱伤,甚至使自己这一方面的利益受到更大的损失。

深思熟虑之后,他们毅然决定放弃在以往的谈判中使用频率最高的正面回应法,而是铤而走险地采取另一种独特的方法。思路敲定后,接下来,他们在谈判桌上展开了一场精彩的表演。

//// 推销困局的奇趣故事

　　早上九点,两家公司的会谈在一片"唇枪舌剑"中正式拉开了帷幕。果然不出中方代表所料,飞机供应商派出的那三名谈判代表在一开始就表现出了锐利的锋芒,咄咄逼人地想迫使他们就范,并且将整个局面控制在了他们的手中。他们还不由分说地关了灯,用投影仪向中方详细而又全面地介绍了其公司的产品,信心满满地向中方代表表示:他们开出的价格不但合情合理,而且他们的产品品质卓越,质量过硬,完全值这个价格。这个演示过程非常漫长,整整持续了两个半小时。

　　在这个过程中,中方的三位谈判代表一句话也没有说,只是安安静静地坐在谈判桌旁边,看上去非常认真地听着对方的讲解。

　　美方代表对他们有些"呆滞"的表现非常满意,以为自己的介绍已经将他们完全吸引住了。放完幻灯片之后,他们把灯打开,得意洋洋地问道:"你们觉得我们介绍得怎么样?是不是可以接受?"

　　他们的脸上带着充满自信的微笑,似乎早就知道了对方的答案。其中的两个人还交换了一个眼神,似乎在说:"中国人也不过如此嘛!"但是,令他们出乎意料的是,中方代表回报给他们非常有礼貌的一笑,继而说道:"对不起,我们不明白你们所说的。"

　　"什么?"这句话给自以为已经有十分把握的美方代表所带来的震惊不亚于13级地震,他们脸上的笑容在一瞬间凝固了起来,取而代之的是惊愕万分的表情,他们几乎不敢相信自己的耳朵,接连问道:"你们不明白?这是什么意思?你们到底不明白哪些事项?"

　　中方代表依然彬彬有礼地微笑着,回答道:"对不起,不是'哪些事项',而是所有的一切我们都不明白。"

　　美方代表的脸色从白转为红,又从红转为青,但他们还是强作镇定地问道:"那么,请告诉我,你们是从什么时候开始不明白的?"

　　中方代表认真地想了想,慢条斯理地回答道:"是从你们把会议室的灯关了以后,这之后介绍的东西我们就都不太明白。"

美方代表这时已经快要抓狂了,他们摊了摊手,无奈地问道:"那你们希望我们怎么做?"

这时,三位中方代表异口同声地回答道:"请你们再为我们介绍一遍。"

听了这个要求,美方代表彻底崩溃了。《曹刿论战》中说:"夫战,勇气也。一鼓作气,再而衰,三而竭。"如今的美方代表已经失去了最初的热情和勇气,再让他们重复一次两个半小时的推销性介绍,恐怕也不会达到他们预想中的效果了。更何况,即使他们硬着头皮再介绍一次,谁又能保证中方代表不会像刚才那样故伎重演呢?

看到自己的策略已经初见成效,中方代表知道,反击的时刻到来了。他们一扫之前表现出来的"迷茫"状态,开始抖擞起精神,全力向美方代表发力。他们像连珠炮一样迅速而准确地向美方代表提出了自己的要求,直逼得他们毫无招架之力。在连续不断的层层杀价之下,美方代表一再妥协,最后不得不接受一个前所未有的低价。就这样,准备充分、气势逼人的美国人败在了"什么都不懂"的中方代表手里。

炼智 "假痴不癫"指的是宁可假装着无知而不行动,不可假装假知而去轻举妄动。中方代表在这次反推销的谈判中,对对手的介绍假装迷茫,"一问三不知"。假痴不癫,重点是在一个"假"字上,"假"的意思是伪装。中方代表装聋作哑,痴痴呆呆,待消磨掉对手的锐气后,适时地反击,一举扭转了局面。

悟理 老子说:"大智若愚,大巧若拙,大音希声,大象无形。"大智若愚的人从来不会处处以聪明示人,他们重视的是厚积薄发、宁静致远。其实,就"痴""愚"而言,做人要有海纳百川的境界和强者求己的心态,不对生活有太多的抱怨,真正做到平和悦纳,才能使自己得到升华。大智若愚的人,就像玉坯不断积累一样,多年的积累所铸就的注定是绝代珍品。

能"把饿狗拉回来买东西"的人

2008年,一场史无前例的金融危机像海啸一样迅猛地席卷了世界市场,全球各个国家的经济都受到了严重的挫折,无数人因此而陷入到悲观、恐慌的情绪中,尤其是美国——金融危机的发源地更是笼罩在一片愁云惨雾之中。然而就在这时,一个白发苍苍的老人和他的杂货摊却成了纽约曼哈顿街头最闪耀的明星,他就是乔·埃德兹,一个"能够把一头正扑向肉的饿狗拉回来买他的东西"的卖货郎。

当太阳从东方高高升起,光芒轻柔地照射着曼哈顿鳞次栉比的高楼大厦的时候,乔·埃德兹在纽约某条街的一个角落里开始了自己的生意,他推销的是一种能够把马铃薯削成薯条的小擦子。他看上去与其他的那些卖货郎有着很大的不同——身上穿的竟然是一套干净而又整洁的高档服装,看起来价格不菲。乔·埃德兹已经七十多岁了,头发和胡子都已经雪白如银,但是,尽管如此,他的精神状态却超乎寻常地饱满,就像一个二十多岁的年轻人一样浑身上下都充满着蓬勃的活力。

乔·埃德兹坐在街头,守着自己的货摊,一手握着马铃薯擦子,一手托着马铃薯,嘴里还念念有词地在说些什么。很快,他奇怪的行为和语言就引起了来来往往的人们的注意,路过的人都忍不住好奇地看了他几眼。终于,一个要去菜市场买菜的妇女停下了脚步,站到了他的摊位旁边。过了一会儿,又有一个人围了过来。但是乔·埃德兹并没有搭理这些人,他知道现在还不是时候,等到他们的兴趣被彻底勾起来的时候才是自己说话的时候。直到人们把他的摊位围得水泄不通之后,他才停下来,把马铃薯和擦子随手递给旁边的一位妇女,对她说道:"你来试一试吧,用这个东西来削马铃薯或者胡萝卜非常管用,而且还特别省事。"

那个妇女疑惑地看着他,并没有伸手去接。乔·埃德兹又接着说:"不要紧,我不会向你要钱的,你只要试试就可以了。"于是,那个妇女开始试用马铃薯擦子,果然,马铃薯条就像雪片一样纷纷削落了下来。

就在那名妇女试用马铃薯擦子的时候,乔·埃德兹在一边对着围观的人们介绍道:"这个马铃薯擦子是同类产品中最好的一种,它不但使用起来非常方便,而且还特别设计了一个小小的防护措施,可以在使用的时候充分保证你的安全,即使你的孩子不小心拿到了这个东西,也不会受到什么危险。有了这个好东西,在厨房里做饭的时候就会更加省心了。大家来看,这位太太第一次使用就如此得心应手了!这个产品是由瑞士的生产厂商制造的,只要花五块钱就可以把它拿走,在现在这个物价高速上涨的年代里,你花五块钱能买到什么好东西呢?"

那名妇女试用了以后感觉确实很好用,而且价格也不贵,于是就打开钱包掏出钱来准备买一个。但乔·埃德兹并不急着去收钱,而是意味深长地对她说道:"能够用一生的东西你怎么不多买几个呢?"

那名妇女听了以后说道:"如果真的像你说的质量这么好,能够用一辈子都用不坏,那我多买几个又有什么意义呢?不是多此一举吗?"

乔·埃德兹笑了笑,说道:"太太,难道你的母亲不需要一个吗?你的姐妹不需要一个吗?你的好朋友不需要一个吗?如果她们能够得到这么好用的一个工具,该多么高兴啊!可惜她们今天不在这里,那你为什么不为她们买一个呢?"

那个妇女一听,觉得非常有道理,于是就高高兴兴地接受了他的建议,又买了四个。

看到有人一下子买了四个,周围的人也纷纷解囊购买,乔·埃德兹忙得不亦乐乎。

也许你根本无法相信,乔·埃德兹在结束了一天的辛劳工作以后,晚上就会回到自己位于曼哈顿中心区的高档公寓里,要知道,在纽约,很少有人能够拥有自己的住房,尤其是曼哈顿岛上的住房,一套高档的公寓高达几百万甚至几千万美元,

推销困局的奇趣故事

不仅如此，光是房产税就要缴纳上万美元，但是乔·埃德兹却完全负担得起。这些钱都是他在街头推销零零碎碎的小玩意儿赚来的。这笔钱还足以令他穿着讲究地到曼哈顿岛的高档餐厅里去就餐，还可以去某个五星级酒店喝着一杯味道芬芳的红酒，惬意地听钢琴家们出神入化的演奏。

但是，到了每天早上七点，他又会准时地拉着自己的小车去推销马铃薯擦子，一周工作六天，风雨无阻。人们都说他"能够把一头正扑向肉的饿狗拉回来买他的东西"，认为他是世界上最成功的推销员之一。

他的推销事迹引起了美国社会的众多关注，美国国家电视台还专门采访了他。在采访中，他说自己做推销这一行已经有大约60年了，如今得到的一切都是自己60年来辛勤的推销生涯的回报。他说："不要以为五块钱不起眼，其实积少成多，你会因为这五块钱成为有钱人。"

他还讲起了在自己的推销生涯中曾经遇到过的最大的一次挑战，就是在二月份推销圣诞树。猜猜他是怎么把圣诞树推销出去的？答案肯定会令你大吃一惊：把圣诞树卖给中国人，让他们在过春节的时候用。

炼智 乔·埃德兹先是利用自己貌似"古怪"的行为引起了周围人们的兴趣，然后再通过让顾客试用来获得大家的认同感，趁着这个机会向他们介绍自己的产品，一举打开了推销之门。

悟道 不积跬步，无以至千里。不积小流，无以成江海。由此可见，积累是从渺小到伟大的必经之路，是成功的必备条件。如果缺了积累的过程，那么，即使再努力，你所得到的东西也会如指间沙，逐渐流失。冰冻三尺非一日之寒，成就事业需要坚持不懈的积累。

编后记

2011年2月间,台湾女生连恩美的一本《我,睡了,81个人的沙发》,荣登"2011台北国际书展大奖",马英九亲授颁奖词。同年10月,南方出版社将此书引进大陆,受到年轻读者的热捧。

书中的主人公连恩美自小家境优越,功课优秀,一直因循着"25岁工作,28岁嫁人,30岁生孩子"的标准人生规划。就在她面临出国读研,还是找一份令人羡慕的理想工作选择时,她对既定的人生轨道开始迷茫,不知道自己真正想要的是什么,也意识到任何书本都无法给出她人生的答案。于是,连恩美选择睡在81个陌生人家的沙发,独自去欧洲游学14个月。一个世人眼中渺小、脆弱的女生,却以最接地气的方式迎接异域的风。"从踏进某个人家的那一刻起,这个城市对我而言就不再只是一个观光景点……我逐渐触摸到这个城市的节奏与温度。"最终,连恩美在别人的沙发上发现真实的自己,找到自己钟爱的事业。

连恩美的成长历程恰似当今莘莘学子的缩影,他们从小学、中学、大学一路走来,往往被"读书"裹挟着,成了接受知识的容器,无暇与未来"做事"相链接,临到诸如高考、大学毕业这样的关键节点就迷茫起来。庆幸的是,连恩美勇敢地做自己,如愿地找到了努力的方向。《我,睡了,81个人的沙发》作为个案,正如一座桥,沟通了"读书"与"做事";而对应试教育环境下的当代青少年来说,此书获得了某种象征意义。这触发了我们的思索:可否让"做事"的意识前移,使"读书"与"做事"相伴成长呢?

世界上并没有两片相同的树叶,就每个独一无二的青少年而言,注重个性培养,发掘其独具的兴趣、爱好点,并从"读书"路径中伴生出我们所期待的"做事"的富矿。"少年心事当拿云。""少年强则国强。"青少年心存

161

高远地去做关乎中华民族繁荣昌盛之事，这正是我们国家未来的希望所在。"中国青少年智慧阅读书系"便是基于励志、"做事"这样的初衷而策划的。

丛书采撷古今中外的政治家、军事家、说辩家、探险家、谍报家、推销大师在追寻梦想、成就伟业的过程中，在应对难于逾越的困境、挫折和坎坷时，以其卓越的谋略、智谋破解前路迷障，彰显大家本色和智慧炫彩的故事。有人说，智慧就像一把洒在汤里的盐，找不到摸不着，现在我们之所以聚焦世界历史进程中的风云人物，且定格于包含智慧内核的华彩故事，就是希望给青少年一个观察人类的宝贵智力遗产的制高点，品尝到生命中智慧盐的味道，触发并激励青少年立志于"做事"，勇于做有益于国家、民族，乃至于全人类的大事业，书写一个顶立于世间的大写的"人"。

这是一套励志成功的书，也是一套挫折教育的书。丛书中的时代精英在探索前行的路途中，不可或缺的是那一份家国的责任感，建功立业的雄心，百折不回的意志，滴水石穿的积累，一时的隐忍换得机遇的克制，参透人情、洞察世态的眼力……正如获得一个世界冠军需要上百种因素复合作用一样，成功的"做事"又何尝不是如此呢？

与此同时，我们也应当看到，作为智慧之光的谋略、智谋等，不是教训，也不是公式，更不是放之四海而皆准的真理，它只是给青少年"做事"提供了参考的范本和思考的空间。那些精妙的思维方式，对于打破陈旧、呆滞的思维定势，提升本身的"做事"资本，有着极为重要的意义。作为大有可为的青少年读者，既要珍惜这种人类共同的财富，也要学会健康地取用谋略。为此，在每一则故事，便特意附加"炼智"和"悟理"的板块。相信这样精心的设置能够引导青少年准确地领略故事的风采，把握谋略的精髓；从不同的角度悟得自己立身处世、搏击风雨、应变万千的准则。这不仅是一种鲜活的阅读体验，更是一次提升自我、丰富智慧的身心之旅。在品读谋略中，点亮智慧人生。